Marie Chartres

COME UNA BOLLA DI SAPONE

Romanzo

Titolo dell'originale francese
BLEU DE ROSE
Traduzione di Orietta Mori

ISBN 978-88-6256-194-5

Per informazioni sulle novità
del Gruppo editoriale Mauri Spagnol visita:
www.illibraio.it
www.infinitestorie.it

Copyright © 2008 l'école des loisirs, Paris
Translation copyright © 2011 Adriano Salani Editore S.p.A.
dal 1862
Gruppo editoriale Mauri Spagnol
Milano

www.salani.it

A mia sorella Fanny.
A Marinheiro.
Un ringraziamento ad Anne Roulin.

È lunga la notte.

Posso accettare il giorno e questi qua, che mi ignorano, la pioggia gelata, il freddo e il senso di soffocamento.

La notte però la odio, mi inghiotte e mi lascia da sola con i miei pensieri, incombenti come giganti.

Non so proprio cosa fare per dimenticare, per riuscire a non pensarci. È tenace come un odore che mi perseguita.

Mi accontenterei di poco, non importa cosa, chi e come. Una fessura, una breccia, un soffio per respirare.

Perciò aspetto. Da tanto tempo.
Per un momento più o meno lungo.
Dipenderà.
Da lui.
Da me.
Non so.

Capitolo 1

Così comincia la storia

Sono uscita da scuola alle quattro e ho camminato circa un'ora, quasi correndo, senza pause né meta.

Avanzavo e basta. Naso al vento.

Dimenticare la notte.

Il temporale, che si era annunciato già nelle prime ore del pomeriggio, alla fine si è deciso. Io non pensavo a nulla. La mia testa si andava svuotando, come se l'acqua che scendeva dal cielo mi sciacquasse il cervello.

Uno stormo di uccelli ha solcato l'aria: li ho visti affondare nel cielo in lontananza come se si immergessero nel velluto grigio.

Ho costeggiato lo stagno vicino a casa mia; non saprei spiegarlo, ma ho sentito nell'aria un nuovo respiro, mormorii nuovi, bisbigli, piccoli battiti di cuore provenienti dall'erba verde e fitta. Ascoltando tutto quanto succedeva attorno a me, dentro l'acqua, l'aria e la terra, mi sono sentita trasportare verso l'alto in un lento volo. Lo stagno aveva un bell'apparirmi profondo e spaventevole, i rami dei salici piangenti avevano un bell'annegarvi: io sono restata lì un bel po', quasi assente, palpitante.

Migliaia di passi più tardi, sono dovuta infine rientrare a casa. Mio fratello Nathan mi aspettava, probabilmente, e forse si stava preoccupando.

«Sono io» ho detto mentre chiudevo la porta d'ingresso.

«Ciao!» ha esclamato Nathan dal divano dov'era piazzato tra due cuscini soffici e avvolto in una grossa coperta polare.

L'ho guardato un attimo, poi sono andata in camera a posare la mia roba. Ho acceso il computer e ho controllato l'e-mail, ma come al solito non c'era niente, tranne qualche pubblicità inutile e invadente.

Erano appena le sei quando ho sentito l'auto di mio padre che parcheggiava davanti a casa.

Mi è sembrato strano. Di solito papà rientra dal lavoro molto più tardi.

Il cuore ha cominciato a battermi più forte. Papà era in anticipo e poteva voler dire una cosa sola. Ci risiamo, ho pensato. Non è riuscito a evitarlo, è più forte di lui.

Mi sono precipitata fuori dalla mia camera e ho incrociato lo sguardo di Nathan. Stavamo pensando la stessa cosa.

Aspettavamo che la porta d'ingresso si aprisse per gettargli un'occhiata di cupo rimprovero.

Ma papà forse lo sospettava, perché ha preferito passare dal garage e sbucare direttamente in cucina, piuttosto che subire i nostri sguardi accusatori.

Pochi istanti dopo abbiamo sentito un colpetto di tosse seguito da un fischiettare imbarazzato: la maniera tipica di mio padre per segnalare la sua presenza.

Ho aiutato mio fratello ad alzarsi e siamo andati in cucina.

La scatoletta di madreperla viene aperta tre volte al giorno

Papà aspirava febbrilmente la sua sigaretta e si fissava la punta delle scarpe. Credo che non avesse il coraggio di guardarci.

«Ehilà, marmocchi!»

«Mamma ti ammazzerà» gli ha risposto Nathan.

Io stavo pensando esattamente lo stesso.

Ho aperto la finestra per cambiare aria, poi sono rimasta appoggiata contro la credenza. Avevo caldo. Vedevo papà ancora smarrito, vedevo Nathan pallido, di un pallore che mi spaventava ogni volta che lo osservavo, e immaginavo mamma che sarebbe tornata presto, stanca e spossata. Tutte cose che non mi piacevano e mi facevano paura.

«Di nuovo... di nuovo...» ho mormorato.

«No, guardate, era davvero insostenibile!» mi ha risposto papà.

Ho serrato i pugni. Avevo voglia di chiedergli che cosa, secondo lui, era sostenibile. Ma sono stata zitta. Non volevo ferirlo. Sono convinta che anche lui in fondo ne fosse consapevole. Sapeva di avere un problema con il lavoro in generale. Ammetterlo davanti ai propri figli sarebbe stato davvero troppo umiliante, me ne rendevo conto. Così mentiva ogni volta, raccontava la prima cosa che gli passava per la testa, balle che nemmeno un bambino di otto anni avrebbe osato sparare. Papà e le sue promesse impossibili.

«Mamma ti ammazzerà» ha ripetuto mio fratello.

«Basta, Nathan, è già abbastanza deprimente così».

Non avevo più nemmeno voglia di chiedergli perché avesse mollato di nuovo il lavoro. Era troppo, per me, e in fin dei conti trovavo molto più riposante non dire nulla, non domandare le ragioni o le circostanze. Tanto se ne sarebbe occupata mamma. Sarebbe arrivata nel giro di qualche minuto.

Per fare bella figura mi sono decisa ad apparecchiare. Ho preparato le medicine di Nathan e le ho messe nella scatoletta di madreperla. Regalo della nonna. Aveva detto a Nathan: «Guarda, l'ho scelta apposta per te, una bella scatola per le tue medicine».

Non se n'è resa conto. Nathan era furioso. Mi ha detto: «Non sono mica un vecchietto». Per il suo prossimo compleanno le ha chiesto una vestaglia e delle pantofole, ed è convinto che lei abboccherà.

So tutto a memoria. Per quanto riguarda le medicine, voglio dire: sono io che me ne occupo di solito, quindi conosco la posologia a menadito.

Sono imbattibile sul numero di pillole che Nathan deve prendere la mattina, come pure su quelle del pranzo, della cena e di quando va a letto. Non ricordo nemmeno più perché sono io, e io soltanto, che me ne occupo. È curioso come certe cose che pensiamo di fare un'unica volta divengano permanenti. Devo aver cominciato un giorno che mamma era occupata e non poteva farlo, il giorno dopo l'ho prevenuta ed eccoci qua, ora sono io l'addetta alle medicine.

A pensarci bene, è un'idiozia, perché Nathan è abbastanza grande per fare da solo. È il maggiore e in fin dei conti è il diretto interessato. Però lui inghiotte, mentre io sto a guardare. Quindi posso benissimo occuparmene io. Almeno di questo.

Tutti quei ragni sui suoi polmoni. Che tessono

le loro tele. Senza mai fermarsi. E l'intrico delle tele è sempre più grande. Sempre più grande da diciassette anni.

Per il resto del tempo ci sono anche gli sciroppi, le nebulizzazioni, i massaggi, le cure dell'infermiera e gli appuntamenti all'ospedale. Perciò a questa cosa posso ben pensare io. È il mio contributo.

Spesso ho paura che tutto finisca. Un giorno non avrò più nulla da preparare. Non ci saranno più pastiglie nella scatoletta di madreperla, non dovrò più contarle né sceglierle.

Quella scatoletta mi mancherà.

I primi tempi non me ne renderò conto. Aprirò il cassetto per prenderla. La cercherò con la punta delle dita, meccanicamente, e poi di colpo mi ricorderò che non è più lì. Non durerà che un attimo. Un attimo grande come un mondo disabitato.

Il regalo della nonna sarà solo un ricordo polveroso, relegato dentro qualche vecchio armadio.

Non resterà altro che un enorme vuoto. Tutte queste medicine dovrebbero spaventarmi e invece no, credo che sia esattamente il contrario, penso che sia una cosa rassicurante, una specie di protezione.

I pantaloni di mamma sono la fonte di tutti i nostri problemi

Una volta apparecchiato abbiamo aspettato mamma. Eravamo seduti tutti e tre a tavola. Papà si teneva la testa fra le mani. Nathan non la smetteva di osservarlo di sottecchi, come se presagisse la minaccia di un uragano lontano. Non aveva torto: anch'io avevo la sensazione che qualcosa stesse per scoppiare, di lì a poco.

Fra noi era calato un silenzio pesante, spezzato di tanto in tanto dal ronzio del frigorifero. Abbiamo sentito arrivare l'auto di mamma, poi le chiavi agitarsi davanti alla porta d'ingresso. Non osavo sollevare la testa, sentivo le monete tintinnarle in tasca, quasi come campanellini che si avvicinavano piano.

Di colpo mi è venuta una gran voglia di ridere.

Così, stupidamente. Una voglia di sganasciarmi, di scompisciarmi dalle risate. In effetti eravamo piuttosto comici: davamo tutti e tre l'impressione di essere in attesa che una creatura mostruosa, gobba e pelosa varcasse la porta.

Ma la verità non era questa. No, non era questa.

Vedendo papà raggomitolato sulla sedia, mamma ha sbattuto la borsa sulla tavola con una forza fenomenale, e il mazzo di fiori che la nonna ci aveva portato il giorno prima è volato per terra.

Sul pavimento, i frammenti di vetro si sono mescolati all'arancione intenso dei petali. Mi sono detta: 'che botta!'

Ma nulla era in grado di turbare mamma, che si è lanciata nella sua solita tirata.

«Pierre, ti prego, non dirmi che ci risiamo... non dirmi che ci risiamo. Non è vero, dimmi che non è vero. Non ancora. Non in questo momento».

«Pauline, non potevo...»

«Non potevi che cosa? Pensare alla casa, ai tuoi figli, a me? È troppo difficile per te? Come hai potuto cascarci un'altra volta?»

«Ti assicuro, Pauline, non era più possibile, era veramente troppo dura... Il capo era di un'imbecillità insopportabile. C'era un'incompatibilità di carattere, era impossibile, te lo giuro».

«Oh, per piacere, non raccontarmi balle, l'imbecillità non ha mai impedito a nessuno di lavorare e guadagnare soldi. Se tutti avessimo i tuoi principi, stanne certo, saremmo tutti DISOCCUPATI».

«Pauline, in qualche modo la risolverò, te lo giuro sulla testa dei ragazzi».

«I ragazzi? Tu ai ragazzi non pensi proprio, non te ne preoccupi per niente, sei un egoista. Come facciamo solo con il mio stipendio? Non ce la faremo mai con la casa, le spese e le cure di Nathan. Sei veramente un bambino, un irresponsabile, un egoista che non pensa a niente e a nessuno, e soprattutto che non pensa a noi».

Mentre urlava contro papà, mamma teneva la mano a me e a Nathan. Io provavo la sensazione di essere a teatro e di rivedere lo stesso spettacolo all'infinito. Potevo quasi prevedere le battute successive che si sarebbero scambiati. Sì, eccoci a teatro. La cucina. Il cortile, il giardino, il nostro sipario rosso. C'era quasi da pensare che lo facessero apposta. Quante volte avevo già assistito a quella scena? Non le contavo neanche più... Senza esagerare, credo che in un anno papà si fosse licenziato o si fosse fatto cacciare almeno una decina di volte. Si può dire che la sua era sempre la stessa storia. Papà era una specie di tossico del tempo libero, un drogato della libertà e di una società senza lavoro.

«Ragazzi, filate nelle vostre camere, io e papà abbiamo bisogno di concludere questa discussione da soli».

Io e Nathan abbiamo obbedito. Ho seguito mio fratello, gli ho rimboccato la coperta polare, gli ho portato il suo libro e mi sono chiusa la porta alle spalle. Comunque sapevo già come andavano a finire le loro discussioni: mio padre tirava in ballo qualsiasi cosa, il governo, i vicini, sua madre, il tempo, praticamente tutto, anche le cose più ridicole. Finiva perfino per rimproverare a mia madre di non portare più la gonna, il che non aveva alcun nesso con il vero problema.

Le lettere di Nathan contano sempre il triplo

Una volta in camera sua, mio fratello mi ha proposto una partita a Scrabble. Io non ne avevo per niente voglia, ma temevo si offendesse e, considerato anche ciò che era appena accaduto, ho accettato. Nathan barava ogni volta, inventava le parole, si aggiungeva punti e prendeva più lettere del dovuto, ma gliele facevo passare tutte. Me ne fregavo: a lui non piaceva perdere, a me non importava, quindi c'era un equilibrio.

Capitolo 2

Anche i grandi (o quasi) hanno paura la notte

Qualcosa non va.

Trattengo il respiro.

Nel buio, ho aperto gli occhi.

Nel movimento felpato della notte, percepisco dei rumori. Rumori minimi, rumori che i miei genitori vogliono nascondermi. Pulsazioni sorde e brucianti che mi riecheggiano in tutto il corpo.

Sento dei bisbigli. Una tosse che sembra non smettere mai.

Credo che i ragni siano tornati all'attacco.

Ho buttato all'aria le coperte e sono balzata giù dal letto, senza nemmeno infilarmi le pantofole mi sono precipitata fuori dalla mia camera, con i piedi nudi sulle piastrelle.

Sapevo che cosa stava accadendo.

Mi sono fiondata nella camera di mio fratello.

Non mi ero sbagliata. Nathan aveva una delle sue crisi. Mi sono lasciata cadere sopra un pouf. Osservavo papà totalmente nel panico, come sempre. Mamma afftontava la situazione, come al

solito. Stava accanto al letto di Nathan, lui sembrava soffocare e non la smetteva più di tossire.
Sono vuota.
E io, di solito, che cosa faccio?
La strada già battuta cento volte, da che parte la imbocco?
Mi detesto. Mi odio.

«Uscite di qua, a lui ci penso io. Tornatevene a letto, andrà tutto bene» ha detto mamma.
Papà si è rassegnato a obbedire. Io mi sono alzata dal pouf e l'ho seguito. Senza una parola, abbiamo richiuso la porta piano, senza fare rumore, come se la camera di Nathan fosse abitata unicamente dal sonno.
Io e papà ci siamo seduti sul divano. Mi sono rannicchiata contro di lui.
Somigliavamo a due funamboli sospesi sopra il vuoto della notte, in equilibrio su un filo di seta.
La notte era terribilmente nera e profonda. Attraverso la grande vetrata del soggiorno non si vedeva nemmeno la luna, e neanche una stella. Sentivamo il vento spazzare le foglie morte in giardino.
Odio la notte.
Odio quando queste cose accadono nel cuore della notte.
Certe mattine ricoprono gli eventi di un biancore gelato, si intravede cosa c'è sotto il ghiaccio,

ma è lontano, è freddo, ed è meglio così, è più sopportabile. La notte invece è spaventosa, fa risaltare con una specie di fosforescenza le crisi, le lacrime e i dolori. Si pensa che non avrà mai fine, durerà all'infinito e ci renderà tutti prigionieri dei nostri pensieri.

Papà ha ripiegato le gambe sotto di sé. Era molto spaventato. Si vedeva benissimo. Fissava il muro beige che aveva di fronte. Di tanto in tanto girava la testa verso la camera di Nathan. Non potevo fare a meno di osservare ogni dettaglio del suo viso. Vi scorgevo cose terribili, cose che di solito non vedevo. I suoi occhi sembravano due perle nere spente, quasi morte. Il suo sguardo mi faceva paura. Gli ho preso la mano. Papà si è voltato verso di me: «Non preoccuparti, mia piccola Rose. Si sistemerà tutto, come al solito».

Sono passati alcuni secondi, poi ha ripetuto: «Sì, sì, come al solito, andrà bene».

Anche a me piacerebbe rassicurarlo, ma dalla mia gola non esce alcun suono. Sono una piccola muta.

Gli occhi di papà cambiano colore quando vede mamma

Non saprei dire per quanto tempo io e papà siamo rimasti sul divano ad aspettare. Un'ora, forse più.

Comunque fino a quando mamma ci ha raggiunti. Aveva gli occhi completamente infossati, bucati dai ragni, però sorrideva. Quando ci ha annunciato che Nathan stava meglio, le tremava la voce, non so se per la gioia o per la fatica.

Papà si è precipitato ad abbracciarla, sembrava un ragazzino smarrito. Non riesco a spiegare l'effetto che mi fa vederli abbracciati, sollevati, sfiniti e innamorati. Sono come una bolla di sapone: leggera, lieve e fragile, minuscole schegge di diamante vorticanti nell'aria.

Non ci sono abbastanza lettere. Nello Scrabble. Per scrivere mucoviscidosi.

Capitolo 3

I benefici della camomilla io non li conosco

«Cosa ti porto?» ha chiesto il cameriere.

«Una cioccolata».

Non mi piacciono i caffè. Voglio dire, odio quel genere di posto. Mi piace la cioccolata ma non il caffè. Voglio dire, la bevanda. Però ci vado.

Io non sono chiara. Mamma me lo dice sempre. «Rose, tu sei troppo complicata».

Sono tutta aggrovigliata, lo so bene. Nel mio corpo ci sono nodi ovunque e credo che siano visibili agli altri, anche a quelli che non mi conoscono. Credo che abbiano paura di avvicinarmi. Forse non hanno voglia di passare il loro tempo a districarmi. Il disordine fa paura. Nessuno lo tocca, per paura di quello che si potrebbe trovarvi sotto. 'C'è sotto qualcosa di strano': forse è questo che pensano, vedendomi.

Però a me, meglio dirlo subito, non piacerebbe proprio che qualcuno mi si avvicinasse pensando che sono tutta ordinatina. Neanche per idea.

A volte amo molto i miei nodi.

Perché qualcuno che sceglierò io li sgroviglierà, li scioglierà. Qualcuno verrà a slegarmi.

Con della camomilla e con una piccola molecola che farà brillare tutto.

Nella fretta, mi sono scottata la lingua con la cioccolata calda. Il bar era pieno zeppo, e io ero l'unica *da sola*. Quella piccola unità rincantucciata in uno degli angoli bui del caffè, vedete? Là, guardate attentamente... sì, quella sono io. Attorno a me partite di doppio, di misto, di tutto ciò che vi pare. Io sono la piccola biglia nera in mezzo ad agate multicolori. E ci sono anche i biglioni, quelli che fanno fare un sacco di punti, quelli che valgono tanto. Dieci biglie nere contro un solo biglione. Con Nathan giocavamo spesso a biglie, prima. Quindi le conosco bene le regole, so quanto valgono le biglie, le belle agate e i biglioni. Io sono la piccola biglia nera dimenticata in fondo a una tasca, può pure darsi che io non sia più perfettamente tonda, mi manca un frammento di vetro, perciò rotolo male e ferisco quelli che mi prendono.

I ragazzi hanno segreti assolutamente stupidi

Sono andata alla cassa per pagare la consumazione. In quel momento la porta del caffè si è aperta di colpo, e sono volate dentro decine di foglie secche. Ho sentito il vento freddo solleticarmi la nuca.

«In nome di Zeus, non è vero, non ci credo!» ha urlato il ragazzo che stava entrando.

Ho voltato la testa per guardarlo. Mi sembrava strano che qualcuno potesse parlare in quel modo, usare un'espressione buffa come 'in nome di Zeus', urlare così dentro un bar, da solo, per nulla imbarazzato dalle persone che lo circondavano.

Zeus si è seduto a uno dei tavoli in fondo, urtando tutto e tutti nel passare. Portava sulle spalle una borsa enorme, una bisaccia di cuoio marrone che avrebbe potuto contenere da sola tutti i libri di tutti gli studenti che si trovavano nel bar. Mi è venuta voglia di curiosare e frugarci dentro. Ero sicura che avrei potuto scovarvi qualche segreto.

Non so perché. Di solito me ne frego dei segreti degli altri.

Il cameriere mi ha fatto riemergere dalla mia curiosa fantasticheria dandomi il resto. «E buona giornata!» ha detto, a mo' di saluto.

«Certo, come no» ho mormorato.

'Contaci, sarà una figata' avrei voluto aggiungere. Ma sono stata zitta. Meglio così.

La campanella ha suonato nell'istante in cui entravo in cortile. Ho raggiunto giudiziosamente la mia classe. Il martedì comincio alle dieci con due ore di matematica, una lingua che mi è totalmente estranea. Non sono di quelli o di quelle che hanno la calcolatrice trapiantata nella mano destra, a cui si illuminano gli occhietti soltanto quando sentono l'espressione 'equazione di terzo grado'.

La mia breve teoria sulla sigaretta

C'è stato un momento in cui sognavo di fumare. Voglio dire, sognavo di mettermi a fumare. Per entrare nella norma e poter dire: «Oh sì, anch'io, ho troppi problemi, troppi... bisogna proprio che fumi». La mia angoscia avrebbe così potuto andarsene in grandi volute di fumo. O anche no! Avrei potuto optare per l'angoscia estetica o perlomeno sociale: fumare all'uscita da scuola è un modo garantito per fare conoscenze. Conosco di vista alcune ragazze che hanno incontrato il loro fidanzato così. Non è proprio la cosa più romantica del mondo, ma ha il merito di essere efficace, di dare buoni risultati, come si suol dire.

I miei pensieri si inseguono e si assomigliano

Durante la giornata, una volta che la classe era al completo, che tutti quanti parlavano, ridevano, civettavano, mentre qualcuno canticchiava e qualcun altro, eccitato, gridava di essere pronto a morire d'amore a quindici anni, io me ne stavo dietro al mio banco e là, sotto la luce artificiale diffusa dai neon, vedevo, ascoltavo, a tratti chiudevo gli occhi e continuavo comunque a sentirli.

I ragni che facevano il loro sporco lavoro.

Mi sentivo scivolare, gli occhi chiusi in mezzo al baccano, verso il basso, giù, giù, o forse verso di me, verso la mia grande casa piena di silenzio e vuota di vita piena.

Durante le lezioni ho pensato a Nathan, a papà, a mamma... non potevo farne a meno, le ore scorrevano e io pensavo solo a loro. Il prof spiegava, ma io mi accontentavo di fissarlo negli occhi. Credo che nessuno osasse disturbarmi, non so se per educazione o per indifferenza – lasciatela lì, è sul suo pianeta – i prof, gli studenti, è questo che pensavano, ne sono sicura. Di solito butto lì una o due frasi insignificanti nel corso della giornata, tanto da spezzare in qualche modo il silenzio. Tutto qui.

Era tutto quello che riuscivo a fare.

Dove mi domando anche quanto possa pesare il cielo

Una ragazza della mia classe si è avvicinata.

«Rose, vieni, è ora di pranzo. Sbrigati, se no chiude la mensa».

Le ho rivolto uno sguardo duro e vuoto. Lei sorrideva.

Eravamo rimaste solo noi due nell'aula. Doveva essere suonata la campanella, ma io non avevo sentito né visto niente. E ora eravamo rimaste soltanto noi. Gli altri, spariti. Pure il prof di matematica.

Lei era di fronte a me, vedevo la grossa collana che portava attorno al suo collo di porcellana, una collana di tutti i colori. Mi girava la testa, avevo voglia di far capovolgere e lasciare andare alla deriva la barca sulla quale ero stesa, ho chiuso le palpebre un istante per non vedere i suoi grandi occhi azzurri e i colori chiassosi attorno al suo collo. Ho detto: «Vengo subito, arrivo».

«Sei sicura di stare bene? Sei pallidissima».

«Ma sì, certo. Grazie. È solo che non sopporto la matematica».

E per non doverle più rispondere, per non vedere la sua collana multicolore, mi sono alzata e ho distolto lo sguardo.

«Come vuoi» ha risposto lei e se ne è andata alzando le spalle.

I gioielli li trovo orribili. Pesano, luccicano, brillano per dire: 'Guardami, guarda cosa c'è qui attorno, questa pelle, la mia abbronzatura'. Fin dalle elementari la penso così. Sarò l'unica?

Sono uscita in cortile per raggiungere la mensa. Avevo le gambe tutte intorpidite. Lassù oltre gli alberi era come se fosse notte. E tra le foglie e il vento sentivo la nuvolaglia grigia gemere in lontananza. Il cielo assomigliava a un grande telo nero incurvato dal peso dello spazio.

Quando ho riabbassato lo sguardo, mi sono accorta di non essere la sola a osservare il cielo. Zeus era là, e anche lui contemplava l'ampio tessuto grigio sopra la sua testa.

Sembravamo due imbecilli: entrambi lì, in mezzo al cortile con il naso per aria, ad aspettare chissà quale miracolo.

Assurdo, tutto ciò era assurdo.

Ho girato sui tacchi e sono andata a mangiare.

Ha piovuto per tutto il pomeriggio.

Capitolo 4

I travestimenti hanno un interesse non trascurabile

Prendo una bella boccata d'aria prima di aprire la porta ed entrare.

Ho paura. Non so in che condizioni lo troverò.

Tutti i giorni è la stessa cosa. Un buco nella pancia, i nervi a fior di pelle, la testa che scoppia.

Forse va tutto bene. Forse va tutto male.

Può darsi che mi tremino le mani.

Non posso far vedere niente.

Devo camuffarmi.

Devo sorridere. Un sorriso fino alle orecchie. Un sorriso di circostanza. Cinque, massimo otto anni fa mi mascheravo con costumi da principessa, da elfo o da libellula. Supplicavo mamma di comprarmeli, quasi piangevo. Quelle grandi scatole di cartone con dentro graziosi abiti azzurri o rosa mi facevano sognare. Mi scioglievo di piacere quando aprivo la confezione. Una volta indossato il costume, facevo la giravolta con il sorriso alle labbra, mentre le stelline dorate si staccavano dal vestito e venivano a posarsi dolcemente sulle mie palpebre.

Vortici e vortici di tulle rosa.

E io tutta felice di travestirmi, di essere un'altra, di nascondermi e sorridere.

Sono rientrata. Papà mi aveva lasciato un biglietto: 'Sono andato a fare la spesa, Nathan dorme'. Sono scivolata fino alla camera di mio fratello, e ho socchiuso la porta: si era addormentato sulla sua poltrona. Ho intravisto l'enorme macchinario accanto al suo letto, somigliava a un grosso mostro metallico con le ruote. Non so perché, ma avevo una voglia matta di sentire la sua voce. La casa era talmente silenziosa.

Ho lasciato perdere. Ho diretto i miei passi verso il bagno per fare una doccia, avevo bisogno di sentire il getto dell'acqua gelata scorrermi addosso. Ho lanciato un'occhiata allo specchio: la solita immagine riflessa, l'ovale del viso, tutte quelle lentiggini sulla guancia destra, le labbra screpolate come sempre. Mi sono voltata. Sentivo una tale esigenza di cambiamento, e mi faceva paura questa voglia che avevo di ribaltare tutto, di trasformare tutto, di buttare all'aria tutto ciò che avevo dentro.

Ho gettato per terra i miei vestiti, come una vecchia pelle da lasciare lì sul pavimento, sono entrata nella doccia, ho aperto l'acqua fredda per strapparmi via il torpore che avevo appiccicato addosso. Alla fine ho sentito il sangue che scorreva, ero gelata ma stavo bene, avevo la sensazione di essere padrona di me stessa.

Capisco qualcosa (e lo tengo per me)

«E adesso, Rose: posso entrare ora?» ha detto Nathan dopo un bel pezzo.

«Ancora due minuti, chiedo troppo? Avevi tutto il pomeriggio per venire in bagno: almeno un altro po' puoi aspettare».

«No, è che voglio vederti».

«Sì, sì, ma aspetta, che non sono vestita».

«Appunto, è questo che mi interessa. Mica il pavimento del bagno. A forza di stare a casa tutto il giorno conosco le piastrelle a memoria».

«Ehi, ma così non va, sei malato, sei fulminato, fratello mio» ho esclamato. «Non sono mica la tua fidanzata, hai davvero delle idee un po' strane».

Dietro la porta è calato il silenzio, ma io sentivo che Nathan era sempre là. Sentivo il fischio del suo respiro.

«Tutto bene, Nathan?»

«...»

«Nathan?»

«Rose, ho diciassette anni e non ho mai avuto...»

Il tempo si è fermato per un istante.

«Una ragazza?» ho detto io in fretta.

«Sai cosa voglio dire... Questo mi tormenta, non lo farò mai, ne sono sicuro... La mia vita non sarà lunghissima, lo sai bene, e finirà che non saprò mai com'è».

«...»

«Sono un idiota, non so perché ti dico queste cose. Dimentica tutto, che è meglio».

«...»

«Eh, Rose, guarda che stavo scherzando! Preferirei morire sul colpo, dietro questa porta, piuttosto che vederti nuda. Non sono disperato fino a questo punto».

Allora c'è stato come un cigolio sordo, Nathan ha fatto dietrofront e si è allontanato.

Avevo il respiro spezzato e il mio cuore faceva *bum-bum, bum-bum* in modo anomalo. Uno strano *toc-toc*, come se qualcuno volesse scassinare la porta ed entrare a forza. Ero sorpresa dalla piega che aveva preso la conversazione. Sono rimasta lì per un momento a battere i denti, con i capelli bagnati che gocciolavano a intervalli regolari, avevo i brividi lungo la schiena.

Stava scendendo la notte. Dalla finestrella ho visto il cielo striato di rosa. Il primo rosa della stagione.

Dal bagno dov'ero ancora rinchiusa ho sentito papà che rientrava dal supermercato e urlava: «Ciao! Rose, vieni ad aiutarmi, per favore?»

«Non posso, sono sotto la doccia» ho risposto.

Nathan ha pensato bene di starnazzare che ero una sporca bugiarda, che avevo finito di fare la doccia da un secolo, che ero una fannullona, che avrei detto qualunque cosa pur di non dare una mano, che ogni volta era la stessa storia eccetera. Insomma, si divertiva a sfottermi come al solito. Per mettere fine a quello strazio sono uscita dal bagno e sono andata ad aiutare papà a scaricare la spesa.

Capitolo 5

Tra *spenzolare* e *spergiurare* nel dizionario c'è una parola che da noi non ha il permesso di soggiorno

«Che cosa hai fatto di bello oggi?» ho chiesto a mio fratello dopo cena.

«Cavolo, Rose, che cosa vuoi che faccia di bello? Dormo, mi alzo, mi rimetto giù e dormo. Non faccio che girare in tondo e, sai, a furia di girare ci si stufa».

Sono arrossita.

Avevo solo cercato di essere gentile.

Anch'io trovo che girare in tondo sia una rottura. Anch'io preferisco le linee rette. Ma che cosa crede? Vorrei vedere lui al mio posto. È dura avere una conversazione normale con tuo fratello quando sai che da un giorno all'altro non ci sarà più.

Certo, non gli ho risposto così.

«Volevo dire, c'era qualcosa di interessante alla tele? Hai letto i libri che ti ho preso in biblioteca? Insomma, tutte quelle cose che non ti rendono aggressivo di solito?»

«Di solito, oggi, domani. Ne ho piene le scatole. Sono stufo».

«È normale che tu sia stanco dopo la crisi dell'altra notte... sai quanto è durata? Ora comincerai a recuperare le forze, vedrai. Bisogna avere pazienza».

«Non usare quella parola, non la sopporto più. 'Recuperare'. La odio, non significa niente per me, non posso riprendermi qualcosa che è sparito... è l'eternità che ho perduto. Non è che posso recuperare le forze facendo due passi per strada o un giretto in giardino, cosa credi? L'eternità non esiste già più per te, figurati per me. Cosa continuate a menarla tutti con questo *recuperare*. Non è che faccio sport, che corro i cento metri in camera mia come un deficiente. Non si tratta delle forze che perdo giorno dopo giorno, si tratta degli obiettivi della vita e, ti giuro, con il passare dei giorni la situazione è sempre più pesante».

«Ma dai, sei matto o cosa? Il dottore non ha detto niente del genere... ha detto che puoi sperare...»

«Smettila, non cominciare un'altra volta... ci sono già mamma e papà che mi stanno addosso, non mettertici anche tu».

«Non prendertela con me, ti ho fatto solo una domanda e tu...»

«Appunto! Ne ho fin sopra i capelli delle tue

domande, le tue, di papà, della nonna... per non parlare di mamma».

Nathan si è girato verso il muro e si è raggomitolato.

«Vuoi fare una partita a Scrabble?» ho buttato lì.

«Rose, lasciami in pace. Voglio dormire. E chiudi la porta quando esci, per favore».

Il suolo è così duro

Sono uscita dalla sua stanza allibita.

Non ci ho capito nulla. Di solito quello che dico a Nathan gli fa bene. Gli piace ascoltarmi. Gli racconto la mia giornata, invento, gli propongo delle gran balle e lui accoglie tutto con un mezzo sorriso. Gli descrivo le ragazze della mia classe, non ci vuole molto a rendersi conto che è una cosa che gli piace, e così ne faccio dei ritratti incredibili. Una galleria importata direttamente da Los Angeles. Bionde, abbronzate, occhi azzurri, unghie smaltate di rosso, io invento e Nathan sta al gioco, gli piacciono i miei film. Lui si beve tutto, sono una vera narratrice di storie. O una vera bugiarda.

Con mio fratello le sparo davvero grosse. È come inventarsi viaggi per arrivare fino al sole passando per una luna perfettamente rossa e tonda.

Insieme ci facciamo dei mega-viaggi, nemmeno gli avventurieri conoscono l'ebbrezza di spingersi così lontano, perché loro sono soli. Noi siamo in due, io e Nathan. Quindi non riesco a capire come mai lui non voglia più partire con me. Qualsiasi cosa è sicuramente meglio delle pareti della sua camera. Io inizio a raccontare e tutti e due prendiamo il volo attraverso la finestra e arriviamo in alto, talmente in alto da non distinguere più tutto quello che c'è là sotto.

Oggi però non ci capisco nulla.

Di solito Nathan ha un volto soltanto. E mi piace perché è il volto che conosco. È il volto della confidenza, della bugia e dell'affetto.

Il suo secondo volto mi fa molta paura. Mi sono spesso preoccupata all'idea di vederlo apparire un giorno.

E ora ci siamo, mi dico. Eccolo qui.

Quel giorno. Quel volto.

Non avrei mai voluto che arrivasse. È il secondo volto prima del volto zero, del volto attraverso il quale si passerà la mano. Non si sentirà più nulla, nient'altro che nebbia, e vuoto.

Il prossimo volto sarà un fantasma.

Fazzoletti giganti

«Tutto a posto, tesoro? C'è qualche problema?» mi ha chiesto mamma.

Avrei voluto risponderle che il piccolo problema del momento era Nathan. Non volevo che lei si preoccupasse per me.

Mi faccio da parte, è normale.

Mi va benissimo che Nathan abbia tutto il palcoscenico per sé, non mi dà fastidio, e non ne sono affatto gelosa.

«Non preoccuparti, mamma, ho solo sonno... sai, stanotte non ho dormito granché».

«Rose, ti ho già detto cento volte che in questi casi tu non sei obbligata ad alzarti e a stare sveglia... non serve a niente, lo sai bene, anzi. Al contrario. Tu vuoi essere presente, ma devi pensare un po' a te stessa, è importante. Non esci mai con gli amici o le amiche, forse ti farebbe bene, scopriresti cose nuove. Non ti sei stufata di fare le tue lunghe passeggiatone da sola?»

«Ma io non mi sto lamentando, perché dovrei cambiare qualcosa che mi sta bene? La mia vita mi piace così com'è».

Di colpo è calato il silenzio. Un silenzio pesante, che urla al mondo intero ciò che è appena sfuggito e che rende l'aria viziata. Inquinata.

*

Mamma mi è venuta vicino e mi ha stretto fra le braccia. Senza chiedermelo, era un abbraccio obbligatorio, un abbraccio che mi avvolgeva, come un fazzoletto gigante. Mi è sembrato strano, non so se mi è piaciuto, però di colpo ho avuto caldo, soprattutto agli occhi, c'era come del sale nel mio sguardo, e sentivo che mamma era pronta a raccoglierlo.

Mamma era lì pronta a fare il salinaio.

Mamma voleva aprire la sua salina solo per me, lo capivo bene, aspettava solo la mia firma. Ma per la fusione delle nevi salate doveva essere paziente, perché non volevo che aprisse subito la sua fabbrica. In ogni caso, in quel momento eravamo in un altro cantiere e non si possono aprire due saline nella stessa regione.

Siamo rimaste abbracciate a lungo, lì in cucina.

Il sole ha avuto il tempo di tramontare del tutto, prima che mamma si decidesse a mollare gli ormeggi.

Poi è arrivata la notte.

Capitolo 6

La pesca ha regole molto precise

«Tu sei felice quando ti svegli?»

Zeus si è seduto di fronte a me e mi ha fatto questa domanda strana. Non mi ha salutato, non mi ha chiesto il permesso di sedersi al mio tavolo, si è accomodato, ha posato la sua borsa immensa e mi ha domandato: «Tu sei felice quando ti svegli?»

Papale papale.

Mi aveva intravisto dalla vetrina del bar e si è fiondato dentro, ha spalancato la porta, le foglie secche l'hanno seguito come vecchi cani fedeli, ha attraversato il locale, mi si è piantato davanti: «Tu sei felice quando ti svegli?»

E io ho risposto: «No».

Queste due lettere mi sono uscite dalla bocca come biglie di vetro. Ho cercato di recuperarle ma era troppo tardi, erano già rotolate fino a lui, non c'era nulla da fare. Avevo abboccato all'amo.

Dopo fra noi è calato il silenzio.

C'è stato tutto il tempo di prendere tre cioccolate di fila. Non ne potevo più.

Ci eravamo detti tutto. Ormai sapeva quasi tutto di me. Quando si confessa a un ragazzo di non essere felici quando ci si sveglia, l'essenziale è detto, no?

«Che cos'hai dentro la borsa?» ho chiesto a Zeus per rompere il silenzio.

«Grandi tuffi» ha risposto lui, per niente infastidito.

«Come, 'grandi tuffi'?»

«Ma sì, grandi tuffi nell'acqua».

Mi è sembrato un po' strano, Zeus.

Ancora più strano di me. Eppure, nella scala della stranezza, io sono la regina nella mia scuola, e le altre ragazze strane si piazzano un bel po' alle mie spalle, a molta distanza. Io corro veloce e normalmente nessuno riesce a raggiungermi. La Miss delle ragazze strane, con il nastro di seta blu su cui è ricamato a lettere d'oro 'Matta da legare – non toccare'. Solo che io, alla domanda 'Qual è il tuo sogno più grande?' non risponderei 'La pace nel mondo', ma qualcosa di più personale e di sicuro più egoista.

Zeus ha aperto la sua borsa con estrema delicatezza, quasi dovesse tirarne fuori il servizio di porcellana della nonna o della prozia, chissà.

Mi trovavo comunque davanti a un biglione di

prim'ordine, però tutto ammaccato e screpolato, dal colore indefinito, fra il rosso e il nero.

Un biglione che si baratta con poco.

Dalla sua borsa ha tirato fuori cinque grossi album fotografici, con scritto sopra 'Le mie prime foto di artista'.

Mi ha detto: «Sei pronta?»

Ho risposto: «Certo. Sono pronta a tutto».

È stato l'azzurro a colpirmi. E gli schizzi d'acqua.

«Sai, tutte le settimane vado in piscina, nascondo la macchina dentro l'asciugamano e scatto. Fotografo tutti quelli che si tuffano. Li guardo mentre salgono la scala del trampolino, tremano leggermente, mi rendo conto che hanno fifa di volare per qualche secondo, e poi incontrano l'acqua, di un azzurro che non esiste da nessun'altra parte, e quello che a me piace è l'istante appena prima di quell'incontro. Aspetto l'ultimo momento, gli ultimi istanti e gli ultimi millimetri fra l'acqua e la pelle, e scatto. Vuoi venire in piscina con me la prossima volta?»

Ho risposto: «Sì».

Un altro sporco trabocchetto.

Non so perché abbocco ogni volta che mi fa una domanda.

«Allora facciamo domani alle cinque davanti alla scuola».

*

Ho a malapena avuto il tempo di rispondere 'sì' che si è alzato e se n'è volato via come le foglie secche che aveva portato arrivando al bar.

Appena mezz'ora di chiacchiere, e domani mi ritrovo in costume da bagno davanti a lui.

Certe volte la vita va troppo veloce. Non ho nemmeno avuto il tempo di riflettere.

Capitolo 7

La vita è talmente veloce che la mia testa resta vuota

Capitolo 8

La parola proibita (secondo episodio)

Quando la mattina dopo mi sono alzata, ho trovato papà in cucina. Faceva colazione con la scatola del cacao in polvere davanti al naso. Dice sempre che ha bisogno di leggere, così ogni mattina la legge. Accanto a lui mi sento fuori luogo, perché il mio accompagnamento mattutino sono le poesie di García Lorca. Nathan me le ha consigliate sei mesi fa, e da allora ne leggo qualche verso tutti i giorni. Non capisco proprio tutto, ma mi piace molto.

«Perché ti alzi così presto, visto che non devi andare a lavorare?» gli ho chiesto ironica.

«Devi sapere, mia piccola Rose, che ho ottenuto un colloquio al supermercato e ne sono piuttosto fiero. Ce l'ho in tasca quel posto, te lo assicuro».

«Certo non potranno dire che ti manca l'esperienza professionale».

«Sì, sì, è facile sfottere, vedrai fra qualche anno, vedrai, quando ti troverai di fronte alla disoccupazione scherzerai di meno».

«Be', grazie di avermi demoralizzato. Non ti ha mai detto nessuno che i giovani hanno bisogno di speranza per farsi strada nella vita?»

Papà ha abbassato gli occhi sulla sua tazza di cioccolata e ha risposto con un sospiro: «Ah, mia piccola Rose... la speranza, è una parola talmente difficile, hai proprio ragione».

Ha detto 'speranza' scandendo piano le tre sillabe, come se fossero qualcosa di incredibilmente lungo e difficile da pronunciare. S-p-e-r-a-n-z-a, come se ci fossero lievi sospiri fra una lettera e l'altra. S-p-e-r-a-n-z-a, come se non ci fossero abbastanza anni fra le lettere, ha detto s-p-e-r-a-n-z-a come mettendo un punto in fondo alla parola.

Mi ha fatto male sentirlo parlare così.

Conversare in questa famiglia è come scivolare su una lastra di ghiaccio. All'inizio uno crede che il tempo sia bello, la grande sfera di fuoco è proprio là sopra le nostre teste, sentiamo una brezza sottile fra i capelli e tutt'intorno a noi l'erba è verde; e poi di colpo arriva una parola che distrugge tutto, che rassetta il nostro paesaggio, il vento si scatena furioso, il sole sparisce bruscamente e sopraggiunge il gelo dell'inverno, come a dire: 'Visto? Posso arrivare in qualunque momento, me ne sto ben nascosto ma bisogna che non facciate passi falsi, altrimenti eccomi davanti a voi e allora state attenti, passo con la scopa ed elimino tutta la polvere calda della vita, e resto qui per un bel pezzo'.

Non si vede la curva e si fa l'incidente. Bisogna stare sempre all'erta. È una vera fatica.

Quello che segue non è divertente

« A proposito, Rose, com'è che hai tirato fuori il costume da bagno? »

« E tu come fai a saperlo? »

« Me lo ha detto Pauline ».

Adoro quando mio padre pronuncia questo nome, 'Pauline'. Nella sua bocca ha un suono dolce. Hanno un bel litigare di tanto in tanto, ma mio padre pronuncerà per tutta la vita il nome Pauline come se si gustasse una mela candita. Lo zucchero rosso gli cola giù per il mento e lui l'adora. Può lasciare il lavoro alla minima occasione, ma non lascerà mai la sua Pauline.

« Ho voglia di andare in piscina, tutto qui. È un problema? »

« No, no, figurati, solo mi sembra strano, per una che detesta lo sport ».

« Già... ma si avrà il diritto di cambiare. Anzi, bisogna che lo dica a Nathan per avvertirlo che arriverò più tardi stasera ».

Perduta in mare

E mio fratello pieno di ragnatele ha detto: «Fa' quel che ti pare, Rose, non me ne frega niente».
Sono uscita dalla sua stanza.

Nella mia pancia c'è un buco.
Ci si è piazzata dentro una pietra. Grigia, spigolosa, che si sposta e fluttua in me. Rotola e traballa.
È una barchetta nel mare in tempesta. Nella mia pancia si scatena una calamità naturale e la barchetta s'infila nell'oceano nero, affonda, mi pare che stia per colare a picco. Non posso farci nulla, credo che la chiglia sia danneggiata, bisogna fare qualcosa per salvarla, lanciare segnali di soccorso, bisogna illuminarla, bisogna chiamare l'artificiere per i razzi d'emergenza...
Ho preso il cappotto, mi sono allacciata le scarpe. Il mio cuore batteva a tutto spiano, lo sentivo nelle orecchie.
Bum, bum, come scariche elettriche.

Capitolo 9

Gli adolescenti hanno troppe mani e talvolta troppi bottoni

Alle cinque spaccate ero ad aspettare Zeus davanti al liceo.

Il sole cominciava a scendere, quasi fosse stanco di essersi dovuto opporre alle forze minacciose dell'inverno.

Non so bene da cosa dipenda, ma il marciapiede davanti al grande portone bianco della scuola ha qualcosa di insolito.

Ed è per questo che normalmente evito di passarci troppo tempo.

È come un'anticamera. Non esiste nessun altro marciapiede del genere in tutta la città. È una frontiera tra la vita di dentro e di fuori. Tutti si guardano, tutti si spiano e, mentre aspetto che arrivi Zeus, ho un unico terrore: quello di essere beccata. Ho la sensazione di trovarmi su un territorio proibito: il territorio di quelli che si guardano negli occhi.

Allora cerco un riparo ma non ce ne sono, peggio che se fossi Robinson Crusoe, non posso fabbricarne uno, divento consapevole delle mie braccia, delle mie mani, non so più dove metterle. Le mie mani sono entità estranee, assumono vita autonoma, mi danno fastidio, sono di troppo; allora le caccio dentro le tasche del cappotto, così almeno si nascondono, diventano invisibili. Preferisco.

E il mio sguardo?

Confusione, guazzabuglio, disordine, un po' di tutto...

Quindi, punta delle scarpe.

Cioè, ho cominciato a osservare appassionatamente la punta delle mie scarpe. Per evitare le interrogazioni. E l'ho fatto anche ora. Sicura che lì davanti al liceo non avrei preso un bel voto.

Rose, zero secco, zero e basta, non partecipa abbastanza all'attività della classe, asociale, è proprio ora che esca dal suo isolamento. Non ha risposto alla domanda: «Ehi, che stai facendo lì? Aspetti qualcuno?»

Invece avrei risposto: «Sì, aspetto Dio».

E nessuno avrebbe capito.

Sotto le mie palpebre esiste un mondo magico

Così mi sono detta che, forse, se avessi chiuso gli occhi qualche istante, se avessi guardato il nero tremolante sotto le mie palpebre, forse Zeus sarebbe apparso là, accanto a me, con la sua macchina fotografica, la sua grande borsa marrone e le sue domande sconclusionate, tutte cose che di norma avrebbero dovuto farmi fuggire e che invece, curiosamente, mi spingevano fuori dalle mie barriere. A quel punto avrei aperto gli occhi, e lui sarebbe stato lì, di fronte a me, e mi avrebbe parlato dell'azzurro, dell'acqua e della gente che, talvolta, piomba giù dal cielo.

Tenevo gli occhi ancora chiusi quando ho udito urlare in lontananza.

«È anche colpa tua, non fai mai attenzione a nulla, di te non ci si può fidare. In nome di Zeus, avrei dovuto pensarci prima, visto che tutte le volte è la stessa storia. Che stupido sono stato! E ora siamo in ritardo. Geniale, no? Davvero geniale, e ora siamo in ritardo!»

«Ma ti accorgi che continui a ripetere la stessa cosa? Hai un vocabolario limitato, te l'hanno mai detto? E poi non è colpa mia, l'album è scivolato» ha borbottato irritata una ragazza.

«Ma come si fa a leggere mentre si fa il bagno... roba da matti. Ora è tutto imbarcato, tutto stropicciato... È da buttare. Ciao Rose, ti presento mia sorella. È andato tutto in malora, ore e ore di lavoro per niente... Forza, andiamo».

In quel momento mi sono chiesta se esistevo davvero.

A volte la velocità fa bene.

Una teoria della moda (non è mia)

Dalla scuola alla piscina c'è almeno un quarto d'ora a piedi.

Ma mi ci è voluto ben di più per capire la situazione.

Zeus camminava al mio fianco e cercava di spiegarmi tutte le circostanze del dramma che stava vivendo. Iris, sua sorella, era dieci metri davanti a noi. Ogni tre secondi si voltava e ci scoccava uno sguardo strano.

Iris apparteneva a quel genere di persone che non si curano affatto della propria immagine. Una ragazza che abbina una tunica magrebina con un poncho peruviano e un cappello russo di pelliccia o è trent'anni in anticipo sulle tendenze della moda oppure (e io propenderei piuttosto per questa seconda ipotesi) non è assolutamente consapevole che ogni individuo possiede un aspetto fisico e che talvolta, ebbene sì, questo è importante. Di colpo mi sono chiesta se Zeus e sua sorella non fossero orfani, perché nessun genitore, nemmeno il più sadico e inumano, avrebbe accettato che uno dei suoi figli uscisse conciato in quella maniera. Neanche per fargli del male, era inconcepibile.

Sia l'uno che l'altro continuavano a parlare animatamente, gesticolando. E io non avrei saputo dire se tutto ciò mi spaventava o mi dava conforto.

Certe domande hanno colori che mi piacciono

Mentre camminavo con loro, il vento sconquassava l'immensità del cielo bianco.

«Quanti anni ha tua sorella?»

«Due più di me».

«Ah, ecco... ma tu quanti ne hai?»

«Quindici. Come te, no?»

«Sì, sì, certo».

«Pensi che quindici anni siano una bella età?»

Ecco di nuovo le sue domande trabocchetto.

Avrei voluto dirgli che quindici anni non erano un'età e basta, bisognava tenere conto di tanti altri fattori, che non la si poteva isolare in una semplice constatazione matematica, che in quindici anni si poteva avere vissuto una vita da cani, e in quel caso la si sarebbe dovuta moltiplicare per sette, che tutto era relativo.

Alla fine gliel'ho detto: «Non parlo di me, eh, ma sai... per ognuno è diverso».

«...»

Vedevo chiaramente i secondi sfilare davanti ai miei occhi.

Improvvisamente mi sono fermata. Zeus mi ha posato la mano sulla spalla.

Ho preso fiato. «Mio fratello è malato. Un giorno morirà» ho detto, timidamente.

Zeus ha ripetuto: «Un giorno».

Ho abbassato gli occhi e ho aggiunto che non ne volevo parlare.

Prima di entrare nell'atrio della piscina mi sono fermata un momento, ho osservato Zeus che camminava tranquillamente davanti a me e ho pensato: forse Zeus è la mia sottrazione.

Non avrei saputo dire se l'idea mi piaceva, però c'era. Dentro di me. L'ho raggiunto di corsa. Ho preso Iris per un braccio e l'ho trascinata verso gli spogliatoi.

Bellezza e costume da bagno sono parole che non vanno d'accordo

Chiusa dentro la cabina, ho tirato fuori il mio costume dallo zaino.

E mi sono sentita tremendamente idiota. Così, all'improvviso.

Mi chiedevo che cosa ci facevo lì.

Conoscevo Zeus soltanto dal giorno prima. Era assurdo. Che cosa stavo andando a fare con lui, con i denti che battevano e la pelle d'oca? A volte si fanno cose molto strane. Non capivo cosa ci fosse di tanto interessante nell'osservare un intellettuale mentre scattava a bordo piscina delle foto che, per di più, si assomigliavano tutte.

Stavo ruminando tutti questi pensieri quando

Iris ha tamburellato sulla porta della cabina per avvisarmi che era pronta.

«Sì, arrivo!» ho esclamato. «Vai pure avanti, vi raggiungo in acqua».

Ovviamente la doccia era gelata.

Ovviamente l'odore di cloro era ripugnante.

Ovviamente il fracasso dei bambini che si buttavano a bomba in acqua mi dava sui nervi.

Mi sono diretta verso la vasca grande. Vedevo qualcuno correre e li immaginavo scivolare e fracassarsi. Non capivo come a loro non potesse venire in mente. Perché non andavano più piano? Sulle piastrelle bagnate lo scivolone è assicurato, non pensavo ad altro.

Zeus e Iris mi si sono avvicinati piano e mi hanno offerto il braccio, come per guidarmi verso l'immensità dell'azzurro. Mi sono ritrovata in mezzo a loro. Mi sembrava un po' troppo cerimonioso, e avrei voluto dire: 'In fin dei conti è solo una piscina, mica un santuario'.

Ma ho temuto di offenderli. Avevano un'aria talmente convinta. Mamma mi ha sempre detto quanto le dispiaceva dovermi svegliare mentre stavo sognando.

Ci siamo diretti lentamente verso le panche appoggiate alle pareti color pastello. Ci siamo seduti tutti e tre vicini. Fratello e sorella portavano entrambi un grande accappatoio di spugna, rosa lui, azzurro lei. Osservavamo il trampolino e tutti quei matti che ci si arrampicavano per tuffarsi.

Ho guardato i salti a volo d'angelo.

Ho immaginato il mio corpo sospeso, ho immaginato il vuoto sotto il mio corpo e nella mia testa, ho cercato di sentire il vuoto, ho guardato i bambini saltare e strillare e sono riuscita a provare la vertigine e il bianco. Per alcuni istanti.

Istanti curiosi, che non assomigliavano ad altri, l'impressione di cadere dentro un grande tunnel, dove la discesa è talmente lunga che si ha il tempo di riflettere su migliaia di cose, di metterle in ordine, di classificarle per importanza.

Forse è tutto troppo azzurro

Iris ha abbassato gli occhi e mi ha chiesto: «Hai voglia di scattare tu una foto?»

«E tu hai voglia di incontrare mio fratello?»

In quel preciso momento la testa ha cominciato a girarmi, e non ho capito se quella frase l'avevo pronunciata o semplicemente pensata.

Ma vedendo la faccia di Iris ho capito che dentro di me si era scatenata una rivolta, e che avevo fatto quella domanda ad alta voce.

Mi sono sentita uno schifo, avevo voglia di cacciarmi con la testa nell'acqua, trasformarmi in un pesce e non tornare mai più a galla. Non riuscivo a immaginare come avrei potuto spiegarmi.

«Perché dovrei incontrare tuo fratello?» mi ha chiesto Iris.

«Ma no, così... non so perché l'ho detto» ho sospirato. «Allora me la mollate o no, questa macchina fotografica?»

Mi sono alzata e ho teso le mani perché lui mi consegnasse la macchina. Sentivo i loro sguardi che bruciavano, capivo bene che quello sarebbe dovuto essere il momento delle grandi spiegazioni, ma ormai era finito, il momento magico era passato, ero uscita dal tunnel aereo, avevo rimesso i piedi per terra e non volevo più volare. Mi sono avvicinata al trampolino, ho regolato l'obiettivo, ho aspettato che il primo pazzo volante saltasse e ho scattato.

Ho ridato la fotocamera a Zeus, ho gettato il mio asciugamano su una panca e sono entrata in acqua. Ho inspirato forte, ho chiuso gli occhi e mi sono immersa verso il fondo. Mi sono rannicchiata a uovo nell'acqua, le braccia strette attorno alle ginocchia, e ho aspettato così il più a lungo possibile. Mi sentivo così pesante che avevo l'impressione di affondare, come un sasso grigio in fondo a uno stagno. Invece no, sono rimasta in superficie, e ho aspettato il più a lungo possibile nella speranza che Iris e Zeus si stufassero e se ne andassero a casa.

La psicoanalisi non esiste quando si hanno i piedi nell'acqua

Dopo un tempo che mi è sembrato interminabile sono uscita dalla vasca.

Zeus mi aspettava vicino ai lavandini per i piedi.

«Tutto bene?»

«Sì, sì, bene. Guarda che non eri obbligato ad aspettarmi».

«Hai gli occhi rossi. Hai pianto?»

«Figurati. È il cloro».

Cosa pensava, che gli avrei spiattellato la mia vita mentre ci sciacquavamo i piedi?

Mi sono diretta verso le docce. Non volevo più incrociare il suo sguardo. Ero arrabbiata con lui e con il rilevatore di bugie che si portava sempre dietro. Ero furiosa. Quella sua mania di guardarmi dritto in faccia e dire le cose che non volevo sentire era insopportabile.

Nella cabina dello spogliatoio mi sono rivestita a gran velocità e sono uscita dalla piscina come una ladra. Ho rasentato i muri, ho corso il più rapidamente possibile.

Gli occhi e il naso mi pizzicavano per l'acqua della piscina, l'aria era troppo frizzante e mi pungeva il viso. E quel dolore sottile che mi attraversava la testa a causa del cloro: continuavo a sentirlo, una sensazione di bruciore, come se mi uscisse sangue dal naso. Bisogna sollevare il capo perché il sangue smetta di colare, ed era proprio ciò che mi sembrava di dover fare in continuazione: rovesciare indietro il capo e trattenere il sangue all'interno, per non spaventare gli altri, trattenere, trattenere, tenere dentro e non lasciar tracimare. Niente schizzi all'esterno, non spargere niente.

A volte è proibito fare dietrofront

La vita assomiglia a un grande giardino abbandonato. Vi si può a malapena passeggiare. Dappertutto ci sono ortiche, e rovi aggrovigliati gli uni sugli altri.

Non si può fare dietrofront, e ci si mette a piangere.

Perché non rimani? Non è bello quello che stai per fare. Quando tossisci fino a sputare i polmoni, quando tossisci fino a schiattare, sei cattivo, lo sai? Sei l'essere più laido della Terra quando fai vedere che stai per morire. Vuoi sapere una cosa? Io penso che tu non creda ai miracoli: non ci credi, ed è per questo che morirai. Tutto qui, è colpa tua. Non ti sforzi più di resistere, anzi ti porteresti dietro tutti quanti; hai deciso che presto farai il grande viaggio verso il continente sconosciuto e vuoi portarmi con te, ne sono sicura.

Fai paura a tutti, lo sai? Quando guardi papà e mamma non ti accorgi dell'orrore nei loro occhi? Non ti disturba vedere tutto ciò che provochi negli altri? E la nonna? L'altro giorno non ti sei reso conto che le hai fatto venire la nausea?

E hai visto i miei occhi?

Credi che ci faccia piacere vedere come le tendi le braccia? Sì, più si va avanti, più tu le spalanchi le braccia. Io credevo che ti saresti tenuto le mani ben chiuse in fondo alle tasche. E invece tu chini il capo e le dai la mano, vi presentate, cominci a prendere con-

fidenza, ti avvicini, la stringi forte e sei pronto a partire con lei.

Ora, tutte le volte che ti vedo disteso nel letto, ti vedo che le dici buongiorno e le sorridi perfino, pensando che le farà piacere, immagini che così succederà più in fretta.

Sei un egoista.

Ho le lacrime agli occhi per la rabbia.

La frase che segue non può avere titolo

Stanotte Nathan è stato portato all'ospedale d'urgenza.

Capitolo 10

Quel posto tutto bianco

Nella sala d'attesa dell'ospedale non si può fare nulla. Soltanto osservare: le pareti tristi e fredde, le porte chiuse, lo sguardo vuoto e scuro di quelli che aspettano. Certi fanno già una faccia da funerale, altri abbozzano un sorriso, cercano di fare conversazione come se la loro missione fosse quella di salvare le apparenze.

Noi non abbiamo nulla da salvare.

Papà, mamma e io abbiamo tutti la stessa faccia. La faccia di quelli che vedono il dolore abbattersi davanti a loro. Stiamo zitti tutti e tre.

Non perché non riusciamo più a parlare, ma perché la sola cosa che potrebbe uscirci di bocca sono urla.

Forse le sale d'attesa degli ospedali servono anche a questo: a imparare a non urlare, a starsene zitti, a concentrarsi sul bianco infinito delle pareti.

Ci vorrebbe un cartello sulle porte: 'Aspettate prima di urlare'.

*

Abbiamo aspettato a lungo. Le mani di papà si torcevano, quelle di mamma si mescolavano alle mie, e intanto i nostri tre sguardi si rispondevano l'un l'altro, senza un suono.

Alla fine è apparso il medico.

Ci ha spiegato che Nathan stava attraversando una fase critica della malattia, che doveva rimanere in ospedale, che la sua terapia andava modificata, che aveva bisogno di cure. Frasi oscure, l'una dopo l'altra, come una litania che ci portava via lentamente la poca luce che ancora ci rimaneva.

Le valigie a volte sono come libri

Dopo le parole del medico, siamo rimasti in sala d'attesa. Volevamo aspettare che Nathan si svegliasse, prima di tornare a casa.

Davanti a me c'era un tipo strano. Mi guardava fisso da quando ero arrivata. Ogni volta che incrociavo il suo sguardo mi faceva un cenno del capo, come per salutarmi. E poi, subito dopo, guardava la valigetta grigia accanto ai suoi piedi, stendeva il braccio e la toccava con la punta delle dita, per poi ritrarre bruscamente la mano come se si fosse scottato. Quel tipo mi ipnotizzava.

Avevo la sensazione che da un momento all'altro avrebbe afferrato la sua valigia e si sarebbe lanciato attraverso i corridoi dell'ospedale verso l'uscita, verso il mondo. Sono sicura che se gli avessi chiesto il suo nome non sarebbe stato in grado di rispondermi. Ho pensato che dimenticare il proprio nome, la propria casa, la propria famiglia e perfino il proprio volto doveva essere bello. Poter andare via di corsa così, e andare avanti per chilometri, camminando sempre dritti.

Avere la valigia pronta.

E sapere che in qualunque momento è possibile andarsene.

Entra in scena mia nonna

Ero lì che pensavo alla valigia di quell'uomo quando all'improvviso ho sentito rumori familiari provenire dal fondo del corridoio: era di nuovo mia nonna che faceva i suoi numeri. Ha la pessima abitudine di parlare e gesticolare da sola, lasciando gli altri sconcertati.

È minuscola, ha i capelli grigi e un paio di gambette non più grosse dei miei avambracci, eppure riesce a farsi notare a chilometri di distanza. La grande sfida della sua vita è stata quella di compensare il suo fisico minuto, per questo parla a voce alta, fa mulinare le sue piccole braccia e cammina con un'andatura stranissima: fa più passi che può a tutta velocità. Era una cosa davvero curiosa da guardare, soprattutto se si era deciso di analizzare fisicamente la nonna: potevamo passarci delle ore, tante erano le grandiose contraddizioni concentrate in un corpo così piccolo.

Pensate che sia timida? Allora si sforzerà di fare più chiasso possibile.

Pensate che sia fragile? Si dichiarerà orgogliosa di non avere avuto bisogno di medici negli ultimi vent'anni, salvo quella volta che ne aveva chiamato uno, due anni fa, ma era per Nathan, quindi non conta.

Ed ecco che la nonna è sbarcata al Pronto Soccorso con ancora addosso la sua camicia da notte da vecchia signora, e ha gridato per tutto l'ospedale: «Ma che cosa sta succedendo al piccolo? Cos'altro ha combinato, per svegliarci in piena notte?»

Al che papà si è alzato di scatto dalla sedia e si è messo a urlare a sua volta: «Ma sei un'incosciente a parlare così! Sta' zitta, che è meglio, non sai nemmeno che cos'ha. A sentire te, sembra che Nathan abbia avuto solo un incubo».

«Non sono venuta qui ad ascoltare le tue prediche. Non occorreva chiamarmi in piena notte, se poi devo tornarmene a casa subito».

«Mamma, per favore, non ho detto questo. Spiegaglielo tu, Pauline... io sono troppo stanco» ha detto papà girandosi verso mia madre con un'aria disperata.

Ma la nonna aveva deciso di non lasciar passare nulla, e ha continuato con la sua solita tiritera, con i suoi discorsi sconnessi e senza logica. Si lamentava di non vedere mai suo nipote, e che un giorno o l'altro non l'avrebbe nemmeno più riconosciuto, con tutta l'acqua che sarebbe passata nel frattempo sotto i ponti.

Il mio cuore non potrà battere mai più così forte

Ho fissato lo strano tipo davanti a me e, quando ho incrociato il suo sguardo, lui ha scosso la testa come per autorizzarmi ad afferrare anch'io la mia valigia e tirare fuori tutto.

Sono balzata dalla sedia e ho urlato: «Presto non avrai più bisogno di riconoscerlo, perché morirà. Nathan non guarirà, in nessun caso. Presto sarà tutto finito».

Mentre urlavo contro papà, mamma e nonna insieme, avevo la sensazione di precipitare in un buco immenso che si stava aprendo nel pavimento dell'ospedale, mi sentivo le braccia e le gambe frantumarsi in mille pezzi.

«Lui non guarirà. Tu, papà, puoi benissimo raccontare fesserie a proposito del tuo lavoro. E tu, mamma, puoi continuare a fare il tuo sorriso da bugiarda, e tu, nonna, continua pure nella tua parte della vecchia pazza, ciò non toglie che lui non guarirà mai».

Mi hanno guardato colmi di orrore. L'unico ad avere una specie di ghigno all'angolo della bocca era lo strano tipo sulla panca di fronte.

Ero contenta di avere detto ad alta voce ciò che gli altri pensavano in silenzio.

Sono uscita dall'ospedale di corsa, ma non andavo molto veloce per via delle mie braccia e delle mie gambe frantumate.

Capitolo 11

Forse l'ultima fotografia

Erano circa le nove del mattino quando sono rientrata a casa. Mi ero fatta tutta la strada a piedi, ero gelata, ma per nulla al mondo volevo tornare all'ospedale e rivedere i grandi occhi tristi di mio padre, mia madre e mia nonna.

Prima di andare a dormire ho dato un'occhiata al letto disfatto di Nathan. C'era l'impronta del suo corpo sulle lenzuola e sulle coperte. Ho preso la macchina fotografica per conservare una traccia. Poi mi sono chiusa in camera mia ad aspettare che loro tornassero.

Ho dormito tutto il giorno. Ho saltato la scuola e i miei sogni non avevano nessun significato. E nemmeno i miei incubi. Ho dormito di un sonno così pesante che avevo l'impressione di immergermi negli abissi del mio letto, dentro le viscere di un inferno caldo e magnetico.

Poi ho sentito papà e mamma che rientravano dall'ospedale. Hanno socchiuso la porta della mia camera, li ho sentiti bisbigliare qualcosa e poi più nulla. Il silenzio si è posato sopra ogni cosa, un grande coperchio che non lasciava passare la luce né il rumore.

Cosa significava? Nessuna parte di me aveva voglia di scoprirlo; me ne stavo lì distesa, il mio corpo come una vecchia barca al centro di un lago grigio e profondo.

Più tardi ha cominciato a soffiare il vento. Lo sentivo dalla finestra, faceva cadere i rami secchi sul prato, come un andirivieni di piccoli cadaveri sopra il ventre verde della terra.

Stava calando il crepuscolo quando mi sono svegliata. C'era ancora luce, come se stesse cercando di resistere con tutte le sue forze, orfana nel cielo quasi buio. Ho osservato gli alberi fuori dalla finestra. I rami ondeggiavano dolcemente a destra e a sinistra, come in un film al rallentatore. Poi la pioggia ha cominciato a cadere a scrosci, e allora mi è venuto in mente che solo cinque anni prima credevo ancora che, se vedevo la pioggia fuori dalla mia finestra, allora stava piovendo in tutto il mondo: non soltanto a casa mia o nella città vicina, ma in tutto il pianeta. All'epoca avevo convinzioni che si potevano definire incrollabili. Hanno un bello spiegarvi in termini scientifici che quello che credete è impossibile: niente da fare, ci rimanete attaccati come a una boa.

Passiamo il tempo a mitizzare cose, persone e

paesaggi, poi arriva il giorno in cui tutto va in fumo.

E ora, ovunque io vada, sento odore di cenere.

Ho ciondolato un po' in camera, poi mi sono trascinata nel resto della casa.

Merda

«Stai bene?» mi ha chiesto mamma.

Le ho rivolto un'occhiata gelida.

Mi sono seduta su una sedia in cucina.

Domanda eterna.

Ho riflettuto sul fatto che tutti i giorni, fino alla nostra morte, bisognerà rispondere a questa domanda. E siccome nella maggior parte dei casi BISOGNA rispondere di sì, il futuro mi si è delineato assai cupo e totalmente privo di sorprese. Sapere in anticipo che toccherà sempre rispondere «Sì, sto bene» è deprimente.

Ma oggi tutto è spento nella mia gola. Non ho la risposta. Non so più che dire, né che espressione avere. Cosa ci si aspetta che io faccia?

Non riesco a capire come possa farmi questa domanda. Ora davvero non me ne frega più niente della buona educazione. Cosa volete che m'importi di cominciare un discorso in questa maniera, come stai, che importanza ha il giorno, la notte, la pioggia...? Me ne sbatto.

Me ne sbatto di cosa possa provare mamma. Fissi pure le mie labbra serrate e la mia faccia imbronciata. Cosa conta se piango o sorrido, a questo punto? Me ne sbatto, me ne sbatto e basta.

«Non mi vuoi rispondere?» ha insistito mamma.
Ho stretto i pugni.
L'ho guardata, anzi l'ho squadrata.
Avevo paura di non vedere nulla.
Mi avrà capita?
Avrà avuto anche lei voglia di prendersi la valigia del tizio?
Spero che mi abbia sentita urlare.
Però all'improvviso ho paura. Forse all'ospedale ho urlato in silenzio.
Ho spalancato la bocca ma non è uscito nulla, oppure solo un filo di angoscia grigia e opaca.

Mi sono alzata per andarmene in camera mia. Mentre attraversavo il soggiorno ha squillato il telefono.
Era Zeus.
«Rose, stai bene? Non ti ho visto a scuola e mi stavo preoccupando».
«Ti andrebbe di venire da me?»
«...»
«Se puoi, vieni. Vieni a trovarmi».

Ci sono parole che non capisco

Quando Zeus ha suonato alla porta gli ha aperto mamma. Eppure anch'io avevo sentito il campanello, avrei potuto alzarmi, avrei potuto aprirgli, ma appunto i gesti che dovevo fare esistevano solo al condizionale. Nulla mi obbligava a camminare, nulla mi obbligava a parlare. Seduta al tavolo della cucina, assomigliavo a una pietra. Dura e fredda.

I miei occhi hanno visto il corpo di Zeus sedersi di fronte a me, e poi quello di mamma allontanarsi in giardino. Avevo la vista sfocata, quasi appannata, come se delle ombre mi passeggiassero continuamente davanti agli occhi. Nulla era definito. Cose e persone non avevano più contorni. Era come il disegno di un bambino lasciato sotto la pioggia: i colori abbandonavano le forme, l'inchiostro sbavava. I colori abbandonavano il disegno, fuggivano e si gettavano fuori dal foglio.

Vedevo Zeus così. Lui era là, davanti ai miei occhi, ma non riuscivo a guardarlo: eppure sapevo bene di essere stata io a chiedergli di venire.

Siamo rimasti a lungo così: faccia a faccia, senza parlare.

Poi ho sentito che mi diceva, con una voce bassa e dolce: «Non so per quanto tempo posso reggere ancora... Forse è meglio che me ne vada».

Ho smesso di guardare altrove e ho sollevato

gli occhi su di lui. Stava osservando mia madre, fuori dalla finestra, che ritirava i panni asciutti.
Gli ho chiesto: «Reggere? Reggere che cosa?»
Non mi ha risposto.
Si è alzato e mi ha sfiorato la spalla con la punta delle dita per salutarmi.
Ho sentito la porta d'ingresso aprirsi e la ghiaia del giardino scricchiolare sotto i suoi piedi.
Sono tornata a dormire. Mamma mi aveva cambiato le lenzuola.
Ho sentito l'odore della pioggia mentre mi addormentavo.

Capitolo 12

La bellezza è una battaglia che ho deciso di perdere

Papà mi guarda dritto negli occhi, è in piedi davanti a me, vicinissimo al mio letto. Sostengo il suo sguardo ma non ho voglia di cedere. E nemmeno di dirgli di sì. Sì, papà, ora vengo fuori dal mio lettuccio. Sì, papà, hai ragione, devo alzarmi, camminare un po', anzi molto, appassionatamente verso l'ospedale, verso la stanza di mio fratello, verso quell'altro sguardo che rifiuto di vedere.

«Rose, stavolta non hai scelta. Devi venire con noi. Questa storia sta durando troppo».

«No» ho risposto io, e solo a pronunciare questa parola, questo no, mi sono sentita forte.

«Stavolta non cedo. Basta. È una settimana che ti rifiuti di vederlo, ma oggi ci accompagnerai. Non ci sono scuse. La democrazia è finita. Benvenuta nella nuova era, quella della dittatura. Tua madre e io decidiamo e tu obbedisci».

Papà è uscito dalla mia camera. Agli angoli della bocca aveva qualcosa che gli colava dalle labbra.

Inutile spiegare che ha un senso dell'umorismo assai particolare. Non mi è mai piaciuto e in questo momento è ancora più insopportabile. La storia della dittatura, poi, mi sembra veramente ridicola. Quindi io non ho più il diritto di scegliere fra: ciò che devo vedere, ciò che posso vedere, ciò che i miei occhi sopportano. *Bisogna, tu devi, tu non hai il diritto, è un tuo dovere.*

Rimuginavo.

«Hai mezz'ora per lavarti, vestirti e farti trovare fuori, pronta a salire in macchina» ha urlato mio padre dall'altra parte della casa, come sparando l'ultima scarica della sua collera.

Mi sono alzata a fatica. Mi sono lavata i denti e ho pensato che mi ero pulita abbastanza. Ho afferrato il primo pullover che mi è capitato. Mi sono infilata dei pantaloni né neri né grigi ma una via di mezzo, un colore orribile, lo ammetto, che in più mi stringono e mi fanno sembrare più grassa, ma chissenefrega. Ho chiuso gli occhi quando sono passata davanti allo specchio dell'ingresso. Non avevo voglia che mi ricordasse chi ero, a che cosa e a chi assomigliavo.

Quando mia madre ha aperto la portiera della macchina, ha semplicemente alzato le spalle, come a dire che la battaglia era ormai perduta e la prova della capitolazione stava lì, sotto i suoi occhi.

Ho pensato: 'Ebbene sì, mamma, tua figlia è uno schifo e tuo figlio sta per...'

E poi ho provato una tremenda vergogna per il pensiero che stavo per formulare. Ho riflettuto sulla cattiveria che avevo dentro e mi è venuta voglia di piangere.

Mamma ha abbassato il finestrino dal suo lato e, quando papà ha messo in moto, ha esclamato: «Chiome al vento!»

Quella falsa gioia mi ha fatto ancora più pena. Sapevo bene che, più tardi, mia madre avrebbe pianto quelle lacrime che si era impedita di versare quel giorno. Stavo già pensando alle lacrime future.

Oggi è sabato. C'è il sole. Il cielo è di un azzurro luminoso, un azzurro perfetto da cartolina che mi innervosisce.

Il tragitto è breve, ma io faccio una gran fatica a stare ferma, ho un formicolio alle gambe che ben presto si trasforma in un terribile crampo al polpaccio sinistro. Un dolore che mi proietta bruscamente indietro nel tempo di cinque o sei anni, quando svegliavo mia madre piangendo perché le gambe mi facevano male, e lei mi rispondeva: «Ma Rose, tu cresci, la notte! È normale avere un po' di dolore... la pelle si tende, le ossa hanno bisogno di più spazio».

Questo tragitto in macchina mi riporta le stesse sensazioni, ma appena intravedo l'ospedale mi irrigidisco come una statua. Penso addirittura che non riuscirò più a muovermi né a scendere dall'auto. Ma so che Nathan sta un po' meglio, me lo hanno detto i miei genitori.

Ho paura di vedere le cose. Tutte le cose. Le mani di mia madre, gli alberi intorno al parcheggio, le porte a vetri dell'ospedale, i capelli ingrigiti di mio padre. Tutto mi fa paura.

Si può passare la vita a chiudere gli occhi?

Ma ad aprirli troppo è tutto così fastidioso.

Ho cercato di riprendermi, di respirare piano e di tremare meno. Mamma è stata paziente, aveva deciso di non strapazzarmi. Mentre lei faceva cinque passi verso l'atrio dell'ospedale, io ne facevo soltanto uno. Un passo tremante e pronto a crollare. Lei attendeva che la raggiungessi. E poi ricominciavamo. Lei andava avanti, e io camminavo piano.

«È sempre allo stesso piano?» ho chiesto.

«Ma no, te lo abbiamo già detto che era uscito dal Pronto Soccorso!» ha risposto papà.

«Ora è in camera con una ragazza molto gentile» ha aggiunto mamma.

«Sarà molto gentile, ma è anche molto brutta» non ha potuto fare a meno di commentare il mio caro papà.

«Sei davvero stupido a dire così» ha esclamato mamma. «Non hai nessun rispetto per i malati».

«Ripeto soltanto quello che ha confessato tuo figlio qualche giorno fa».

Vedendo i miei genitori litigare di nuovo come lavandaie ho alzato le spalle. Inadeguati, ecco il termine migliore per definirli.

Ma non sapevo più se me ne dovevo vergognare.

Scopro che i miei genitori sono pessimi attori

Davanti all'ingresso dell'ospedale ho chiesto a mio padre se poteva prestarmi il cellulare. Lui me lo ha dato, sorpreso. Capivo benissimo il suo stupore, perché io stessa non mi capacitavo di questa foga che mi aveva preso.

Ho composto il numero di Zeus senza darmi il tempo di riflettere, così almeno avrei evitato di bloccarmi o fare scena muta.

Ha risposto Iris, e credo sia stato meglio così. «Rose, sei tu?»

«Non farmi domande, ma mi piacerebbe che tu mi raggiungessi all'ospedale. È importante per me, devi venire a tutti i costi».

«Sei malata? Hai avuto un incidente? I tuoi non ci sono?»

«Niente di tutto ciò, però ho bisogno di te. In quanto tempo riesci ad arrivare?»

I secondi di silenzio dopo la mia domanda hanno sospeso il tempo e lo spazio che mi circondavano, come se d'improvviso il mondo girasse al rallentatore, e suoni e parole fossero spariti dall'universo.

«Se vengo col velocipede (sì, Iris diceva 'velocipede') sono là fra un quarto d'ora».

Non sapevo come ringraziarla, perché ignoravo la ragione di quella mia esigenza.

«A tra poco» ha aggiunto lei, dato che non aveva ricevuto risposta.

«Ti aspetto di fronte all'ingresso. Grazie».

Ho riattaccato bruscamente, nel timore che cambiasse idea o che mi facesse domande.

A quel punto dovevo spiegare ai miei genitori perché dovevo aspettare fuori, nel parcheggio, e perché ci avrei messo un quarto d'ora.

«Se vi prometto che andrò a trovare Nathan, e vi chiedo di tornare a casa senza di me, accettate?»

Mi hanno guardato tutti e due con tanto d'occhi. L'incomprensione gli si leggeva in faccia.

E ciò era assolutamente *comprensibile*, visto il mio comportamento negli ultimi minuti. «Lo so, è un po' strano» ho aggiunto.

Mia madre si è voltata verso mio padre con un sospiro.

«Che cosa state tramando ancora voi due?»

«Ma di che cosa parli? Cosa vorresti dire? Nemmeno io capisco il comportamento di tua figlia. Se credi che mi abbia confidato qualcosa ti sbagli. È un enigma per me come per te ».

L'enigma li ringraziava.

Ero esclusa dalla loro conversazione e ciò mi confortava: non dovevo giustificarmi. Lo facevano loro per me, o almeno ci provavano.

La loro scenetta è andata avanti per un po'. Alla fine di quel giochetto, che assomigliava a un conciliabolo, mio padre mi ha messo una mano sulla spalla e ha dichiarato con un tono comicamente teatrale: « Tua madre e io non riusciamo a capirti, è un dato di fatto, però abbiamo deciso di passare oltre e di lasciarti tranquilla. A condizione che tu mantenga la tua promessa ».

Avevo davanti un pessimo attore, ma ero sollevata dalla loro decisione.

« Sì, ma ora andate, vi prego ».

Volevo affrettare i saluti, per paura di vedere arrivare Iris sul suo 'velocipede'. A quel punto sarei stata obbligata a fare le presentazioni, cosa che mi avrebbe messo in imbarazzo e mi avrebbe reso praticamente muta. Neanche a pensarci.

Ho guardato i miei genitori allontanarsi, incollati l'uno all'altra come due fidanzatini.

Ancora turbata dal loro comportamento così amorevolmente strambo.

Mi trovo davanti agli occhi un grande papavero

« Che cosa vuoi? »

Ecco, proprio la domanda che temevo. Proprio quella che non volevo mi facesse per prima. Ma, a conti fatti, qualsiasi domanda mi avrebbe messo in imbarazzo e reso prigioniera di me stessa. Sognavo un mondo privo di domande. Un universo calmo e silenzioso, dove le persone mi avrebbero seguito senza battere ciglio, in sintonia con i miei crucci e con ciò che capivo poco o per nulla. Non si può sapere tutto.

« Tu penserai che sono pazza, ma... » ho cominciato a dire con delicatezza.

« Ma cosa? » ha ribattuto Iris, che sembrava un papavero.

Oggi Iris era sobriamente vestita con un sari rosso vivo. E l'unico interrogativo che mi ronzava per la testa era: come diavolo ha fatto a pedalare con addosso quell'affare?

Ed è questo che mi sono affrettata a chiederle, invece di rispondere alla sua naturalissima domanda.

« Lo raccolgo tutto, semplice ».

L'ho invidiata. Non certo per la sua capacità di pedalare con un sari rosso, ma per la maniera che aveva di non scoraggiarsi mai, non dubitare mai, dire ciò che pensava nel momento in cui lo pensava. Mi sono detta che questa era la vera intelligenza e che io, Rose, ne ero indubbiamente e completamente priva.

Sono stata pervasa da un sentimento confuso, il genere di sentimento in cui intuite che, se vi avvicinate troppo, si aprirà per voi qualcosa di inedito che potrà farvi bene o male, però lo scoprirete soltanto dopo.

«Rose, mi stai a sentire? Vuoi concludere la tua frase, così posso capire la situazione?»

«Vorrei farti conoscere mio fratello».

«Be', gli appuntamenti nei parcheggi non sono proprio il mio genere. Non è molto poetico, ti pare?»

Non mi pareva proprio niente.

«E sugli appuntamenti in una stanza d'ospedale hai una teoria particolare?»

Noi abbiamo la pelle bianca

Abbiamo preso le scale per arrivare al piano dove stava Nathan. Non avevo la minima idea di cosa dire o fare. Sentivo semplicemente una forza che mi guidava verso quella stanza, ma avevo bisogno di essere accompagnata: era questo che sembrava suggerirmi la vocina annidata nella mia testa, e chi meglio di Iris in questo caso? Era lei la persona giusta, ne ero certa.

«Non devi dirmi nulla?» ha buttato lì Iris, prima di aprire la porta della stanza.

Non ho risposto, ero troppo occupata a calmare il ritmo del mio respiro e a ricompormi.

Lei ha bussato, sfiorando la porta con la punta delle dita.

Abbiamo sentito rispondere «avanti», un sussurro impaziente.

Iris è entrata per prima, come se fosse qualcosa che aveva fatto per tutta la vita.

Io ho sempre avuto paura di aprire le porte. Davvero, non si sa mai che cosa c'è dietro. E ancora meno quel giorno.

Avevo così paura di vedere il suo volto.

Nell'istante in cui l'ho scorto, ho sentito una specie di smottamento attraversarmi tutto il corpo. La mascella, le spalle, lo stomaco ribaltati in un istante, quasi polverizzati.

Ho cercato di lavarmi via dagli occhi quell'immagine per non lasciar trasparire nulla.

I suoi occhi hanno brillato, quando mi ha visto.

Era talmente magro che, quando l'ho abbracciato, non l'ho quasi sentito tra le mie braccia.

Il viso era notevolmente smagrito, s'indovinava il contorno delle ossa sotto la pelle. E poi la flebo che aveva nel braccio sembrava legarlo, incatenarlo alla malattia. Facevo fatica a sopportare quella vista, che pareva urlarmi in faccia: «Eh sì, tuo fratello è veramente malato, lo sai?» Preferivo non guardare troppo attentamente ciò che gli stava intorno: i macchinari, i prodotti, le medicine, l'orrenda caraffa di plastica arancione per l'acqua, il bicchiere lì accanto, qualche briciola di biscotto disseminata sul vassoio, e poi la ragazza nell'altro letto lì vicino, quella di cui aveva appena parlato papà.

Il letto di Nathan era quello accanto alla finestra, ero felice per lui. Sapevo che gli piaceva guardare le nuvole sfilare durante la giornata. Ogni tanto si metteva perfino a calcolare in quanto tempo una nuvola sarebbe riuscita a passare da destra a sinistra nel suo campo visivo. A essere sincera, tutto ciò mi sembrava al tempo stesso profondamente triste e coraggioso. Doveva sentirsi così piccolo nel contemplare senza posa la vastità del cielo, e al tempo stesso era forse l'unico davvero consapevole degli incredibili movimenti che agitano l'universo.

A me questo fa venire i brividi.

Dopo un po' ho incrociato lo sguardo di Iris. I suoi occhi avevano un'espressione strana e apriva la bocca ma non ne usciva nulla, lo vedevo bene. E non potevo fare niente per aiutarla. Avevo perduto ogni parola del mio vocabolario. Ero paralizzata.

Iris ha alzato gli occhi su di me, ha sospirato e si è stretta nelle spalle.

«Non fai le presentazioni?» mi ha chiesto alla fine spalancando gli occhi sbigottiti.

«Miofratellonathan, Iris. Iris, Miofratellonathan» ho buttato lì tutto d'un fiato.

Sentivo che mi era scoppiata dentro la guerra, il mio cuore martellava talmente forte...

«Avrei dovuto avvisarti prima che sarei venuta insieme a qualcuno...» ho aggiunto, senza però riuscire a terminare la frase.

Non sapevo cos'altro dire, era come se i miei pensieri si fossero volatilizzati all'improvviso.

A salvarmi la faccia è intervenuto Nathan, che ha ripetuto tre volte: «Iris, Iris, Iris...» E poi, in tono più sommesso: «Non ho mai conosciuto altre ragazze con questo nome».

«E penso che non ne conoscerai altre, stai tranquillo» ha replicato lei.

A quella frase il tempo si è fermato. O quantomeno, così mi è parso. Perché la sorella di Zeus ha ripreso immediatamente: «No, non c'entra niente con i tuoi problemi di salute, è solo che Iris è un nome rarissimo, e anche se tu vivessi cent'anni posso garantirti che non incontrerai mai altre Iris».

Nathan era sconcertato da quella risposta. O forse lo ero io, non lo so. Mi rendevo conto che stavo rischiando di confondere le cose.

Iris si è seduta sul bordo del letto e da quell'angolazione ha scrutato l'orizzonte della stanza. I suoi occhi da topo si sono soffermati sulla ragazza malata che dormiva lì accanto.

Poi si è chinata verso Nathan e gli ha bisbigliato all'orecchio: «Comunque la tua collega d'ufficio non è certo una bomba sexy».

Ho notato il sorrisetto di Nathan all'angolo delle labbra.

Sono rimasta senza parole.

Non avevo mai visto nessuno parlare a Nathan con tanta libertà. Senza gentilezza esagerata, senza parole false, senza sorrisi forzati. Mi sarebbe talmente piaciuto essere capace di donare a mio fratello ciò che gli stava offrendo Iris.

Mi sono avvicinata alla finestra perché mi pizzicavano gli occhi. Non volevo farmi vedere in quello stato.

«Allora, Rose, è da un bel pezzo che non avevo il privilegio di vederti» ha esclamato Nathan dopo un po'.

Mi sono voltata verso di loro. L'espressione di mio fratello si è trasformata quando mi ha visto in faccia.

Dovevo aver perso il mio contegno quando ero entrata nella camera, e ora non riuscivo più a ritrovarlo. Non avevo più la forza di cercarlo.

Continuavo a pensare a una cosa sola ma me

ne vergognavo, non sapevo se avevo il diritto di pensarla, di immaginarla, di chiederla.

Sapevo che era importante, ma al momento non avevo le parole per esprimerla. Questa idea mi ossessionava da tempo, era annidata dentro di me e credo che stesse prendendo forma proprio lì, sotto i miei occhi. Ma come si fa a domandare questo genere di cose?

Eppure bisognava che mi sbrigassi. Presto non sarebbe stato più possibile.

Mio fratello ha cambiato discorso e ha chiesto a Iris del suo abbigliamento. Non molto originale come domanda, però almeno si era reso conto che io non ero in grado di tener viva la conversazione.

Senza scomporsi Iris ha risposto che la maggior parte dei suoi vestiti provenivano da sua madre.

Non me lo aspettavo.

«È di origine indiana?» ha continuato Nathan, con quel tono leggermente perfido che conoscevo bene.

Ma sapeva già cosa avrebbe risposto, perché la carnagione di Iris era chiara come l'alabastro.

«No, era di origine francese» ha sospirato Iris.

Un'ondata di gelo ha attraversato la stanza.

Sono sfilati davanti a noi secondi di vuoto e di silenzio. Non immaginavo che sua madre potesse essere morta. E mi ha colpito il modo in cui ce l'ha rivelato.

Poi la voce di Iris ha proseguito: «Se mi vuoi

dire che mi vesto da cani, fai pure, Nathan... ormai ci sono abituata».

«Allora ti dico che ti vesti da cani».

«È come aver ereditato la sua pelle, e credo che mi piaccia».

Un'infermiera è venuta a bussare e ci ha detto che l'orario di visita era terminato. Dovevamo andarcene.

Iris ha dato un bacio sulla guancia a Nathan ed è uscita in fretta.

Io gli ho preso la mano e gli ho promesso di ritornare il giorno dopo. Ho aggiunto che presto gli avrei fatto un regalo.

Ci pensavo continuamente a quel regalo. E ora sapevo precisamente che cos'era.

Ho cercato Iris in corridoio, poi nell'atrio dell'ospedale, ma niente. Si era volatilizzata. Avrei voluto darle spiegazioni per il mio comportamento, ma ho capito che era troppo tardi.

Capitolo 13

Sculettare è segno di salute mentale

Indispettita, sono andata a trovare la nonna, che abita poco lontano dall'ospedale.

Casa sua era un'immensa costruzione che il nonno e lei avevano comprato una quarantina di anni prima, situata nella parte alta del quartiere dell'ospedale, in una tranquilla stradina a senso unico. Tutte le abitazioni dei dintorni negli ultimi tempi erano state ristrutturate in vari modi: c'erano state imbiancature, tetti nuovi, opere di ristrutturazione muraria e di ampliamento. Ovunque, tranne da mia nonna. Casa sua era un autentico rudere, grigio e scrostato. Il tetto era tutto storto, le finestre erano quelle originali e mi domandavo se la grondaia esistesse ancora. Il giardino era infestato dalle erbacce. Papà insisteva spesso per tosare il prato o per fare qualche lavoretto, ma la nonna era troppo orgogliosa per accettare il suo aiuto. Rifiutava seccamente e commentava sempre nello stesso modo: «Si comincia così e presto si arriva alla dipendenza. No, grazie».

Papà ripartiva furibondo, urlandole dalla macchina che un giorno o l'altro sarebbero arrivati i servizi sociali. A quel punto sentivo la nonna gridare in mezzo alla strada: «Vai a sfogarti da un'altra parte!»

Il giorno successivo tutto tornava alla normalità. Fino alla lite successiva, un paio di giorni più tardi.

Sono arrivata davanti a casa sua e l'ho intravista dalla finestra della cucina. In piedi sopra una sedia, la nonna stava girando la manopola di una radiolina di plastica rossa posata su uno scaffale. La cosa buffa è che nel frattempo dimenava il sedere al ritmo della canzone che usciva gracchiando dall'apparecchio. Vedendola così, in equilibrio sopra il vuoto (per lei il vuoto è ancora più grande che per gli altri), in equilibrio sopra la vita stessa, l'ho invidiata. Non capivo quale trucco magico ci fosse sotto quella leggerezza.

Mi rendevo conto che, da un po' di tempo in qua, continuavo a invidiare gli altri. Cercavo di capire come potessero fare ciò che facevano.

Intanto la nonna, protesa sulle sue altitudini, mi aveva vista attraverso la finestra e mi aveva fatto cenno di entrare.

Le ho raccontato dell'ospedale e di Nathan, ma non ho detto nulla a proposito di Iris. Volevo mantenere ancora il segreto, un segreto che non capivo bene neppure io.

La vecchia radio continuava a sputacchiare asmatica la sua musica. Le canzoni erano una sequela di pezzi noiosi e insignificanti. Finché un gran raggio di sole si è riversato al centro della cucina e le prime note di una canzone di Mano Solo sono colate direttamente nel mio cuore... «*La vie c'est pas du gâteau et on fera pas de vieux os*» («*La vita non è una passeggiata e ce ne andremo prima di invecchiare*»). Ho chiuso gli occhi e ho cercato subito di pensare ad altro, ma era già troppo tardi, sono scoppiata in singhiozzi senza avere avuto il tempo di scappare via e nascondermi. La nonna ha reagito con altrettanta rapidità, e mi ha subito teso un fazzoletto. Mi sono coperta il volto con le mani, non volevo che lei mi vedesse in quello stato, ma non me lo ha lasciato fare. Mi ha scostato le mani, mi ha sollevato il mento e mi ha sorriso. Mi ha chiesto di alzarmi e mi ha guidato verso lo specchio dell'ingresso. Ho scavalcato tutte le cianfrusaglie sparse in terra e con gli occhi umidi sono stata costretta a guardarmi. Allora la nonna ha detto: «Anche questa sei tu».

E io mi sono rannicchiata contro di lei.

I miei occhi hanno continuato a lasciarsi andare per tutta la giornata.

Scopro di essere una ragazza prodigio

Quando sono tornata a casa mamma mi ha annunciato che avevo visite. Nel soggiorno ho intravisto Zeus. Il cuore ha cominciato a battermi un po' più forte. Temevo che Iris gli avesse parlato del mio incomprensibile comportamento di quella mattina.

Mamma si è rifugiata in cucina per lasciarci tranquilli. Mi è sembrato ridicolo, perché non c'era nulla di segreto. Zeus mi ha teso una busta bianca. Io sono rimasta perplessa, perché leggevo nel suo sguardo un certo orgoglio, e non sapevo proprio a cosa attribuirlo.

«Sei la prima a esserci riuscita» ha dichiarato.

Non ci capivo nulla. Ho scosso la testa.

«Riuscita a fare cosa?» ho domandato nervosamente.

«Apri e vedrai da sola, è incredibile, ci sei riuscita tu, è incredibile».

Iris aveva ragione, Zeus provava il bisogno sistematico di ripetere le cose. Solo che a me questo non dava per niente fastidio. Mi faceva un certo effetto, ma non avrei saputo dire quale.

Ho aperto la busta e ho visto quell'azzurro perfetto.

«Sei stata tu, Rose, sei stata tu. Tu hai fatto la foto più precisa».

Ho esaminato l'immagine. Fra l'acqua della piscina e il corpo che vi si immergeva non c'era nemmeno un frammento di spazio, nemmeno un millimetro, come se il nuotatore danzasse sull'acqua o camminasse sulle mani.

Era in equilibrio. Quel movimento era così aereo, così lieve.

Mi sono seduta sul divano accanto a Zeus. Ho guardato la foto ancora a lungo, poi mi sono girata verso di lui. Era rosso per l'emozione.

«È la mia prima foto, per giunta» ho detto sorridendo.

«Né Iris né io abbiamo mai fatto di meglio, te lo assicuro» ha concluso.

Ho raccolto le ginocchia sotto il mento e mi sono abbracciata le gambe. Zeus ha fatto lo stesso.

Mi sentivo bene.

Siamo rimasti a lungo così, a contemplare quella foto.

Le collane di mia madre tendono ad alterare il sapore della cena

Ho proposto a Zeus di fermarsi a cena da noi quella sera. Ho aggiunto che sarebbe stato bello se anche Iris fosse riuscita a raggiungerci. Lui mi ha chiesto di usare il telefono per chiedere il permesso a suo padre.

Quando è venuto a dirmi che sua sorella aveva

accettato l'invito e che suo padre sarebbe passato a prenderli a fine serata mi sono sentita felice. L'ho spinto verso la cucina, bisognava a tutti i costi che lui vedesse come cucinava mia madre.

«Vedrai... è una cosa incredibile» ho esclamato.

«D'accordo, assisterò allo spettacolo».

Mamma ha cominciato a gettare dentro un'enorme casseruola più o meno tutto il contenuto del frigo, più i tre quarti di ciò che si trovava sugli scaffali. Poi ha preso sale, pepe e la decina di barattoli di spezie che si trovavano nei cassetti, ha insaporito il tutto, lo ha rimestato con energia e lo ha messo sul fuoco.

Di tanto in tanto, durante la mezz'ora di cottura, mamma assaggiava, e la gigantesca collana che aveva al collo si intingeva allegramente in quello che assomigliava principalmente a una zuppona. Questo era senza dubbio il tocco esotico della preparazione.

Io osservavo lo sguardo stupefatto di Zeus e sentivo lo sgomento che lo stava pervadendo: di sicuro si stava chiedendo come conciliare la buona educazione con quella cena. Mi rendo conto che, per uno sconosciuto, vedere mia madre ai fornelli è un'esperienza piuttosto sconcertante ma, contro ogni aspettativa, gli invitati vanno in estasi non appena assaggiano il primo boccone.

Nathan si è sempre divertito a quello spettacolo. Se fosse stato lì se la sarebbe spassata, con quel suo sorrisetto all'angolo delle labbra.

Abbiamo sentito il campanello suonare proprio mentre mamma spegneva il fuoco. Io e Zeus abbiamo esclamato in coro: «È Iris!»

A tavola, fratello e sorella hanno tenuto banco, e per me è stato rilassante vedere tutto quel fermento, quell'energia, quella vita. Io non parlavo molto e non avevo nemmeno fame, piluccavo qualcosa dal piatto. Ma la ricetta di mia madre era deliziosa. Iris e Zeus avevano l'aria di godersela. Zeus aveva spesso un'aria trasognata, non la smetteva di fissarmi. Quanto a papà, mi lanciava occhiate furtive che avrei dovuto essere cieca per non vedere. Sapevo bene che la nonna gli aveva raccontato del mio pomeriggio di pianto, ma a quel punto me ne fregavo. Sapevo anche che dopo cena avrei finalmente fatto la mia domanda a Iris e non me ne vergognavo più. Lo facevo per Nathan. E per la mia collera, e per quella di Nathan.

Mentre papà raccontava in dettaglio le mansioni che avrebbe svolto nel suo nuovo lavoro al supermercato, ho ripensato al testo di una canzone di Bertrand Betsch che avevo scoperto meno di un mese prima:

È ancora un po' sfocata
Ma diventa più chiara man mano che perdo il mio
sangue freddo

Come un'onda sinuosa
Che risale la china
È una voglia rabbiosa
Che risveglia l'attesa
Con lei bisogna fare i conti
Non si può sorvolare
Un giorno o l'altro bisogna affrontarla
E azzuffarsi con lei
Collera, collera, collera
Volo sul verde del bosco
Collera, collera, collera
Oh quanto male mi fai...

Ultimamente avevo spesso in testa questo ritornello.

La vita è piena di fantasmi

Dopo cena ho proposto a Iris di farle vedere la casa.

Ho lasciato Zeus in compagnia dei miei. D'altro canto credo che non mi vedesse nemmeno più da tanto era infervorato a raccontare quello che cercava di raggiungere con le sue foto. I miei si mostravano interessati, ma di sicuro si stavano chiedendo perché diavolo fosse mio amico.

Ho cominciato dal pianterreno, poi al primo piano le ho mostrato la mia camera. Be', non che ci fosse granché da vedere, non mi piacevano molto le decorazioni e nemmeno i colori. Era un ambiente per così dire molto sobrio. Nel passare, ho semplicemente posato la mia foto sul comodino.

Poi ho fatto entrare Iris in camera di Nathan. Mamma aveva rifatto il letto, sbattuto i cuscini, ripiegato la coperta polare come piaceva a lui.

Le ho mostrato la sua biblioteca. Era assai orgoglioso dei suoi libri, le ho detto. Spesso passava il tempo a rimetterli in ordine.

«Se vuoi, forse Nathan accetterebbe di prestartene qualcuno. Bisogna che tu glielo chieda».

«Sì? Pensi che accetterebbe?»

«Penso di sì. Se passi un po' di tempo con lui, avrà fiducia e ti dirà di sì».

E poi ho aggiunto, molto in fretta: «Dimmi, Nathan è il tuo genere di ragazzo?»

Mentre Iris ci rifletteva intensamente mi sono sentita le guance avvampare. Non sapevo più cosa fare, ma volevo davvero andare fino in fondo.

«Non ci ho mai pensato» ha risposto educatamente Iris.

Ho preferito non insistere su questo punto e sono passata a quello successivo: «Accetteresti di fare qualcosa per lui?»

«Se mi stai chiedendo di tornare a trovarlo all'ospedale, accetto. So bene...» Iris si è interrotta, poi ha continuato: «So bene quanto siano importanti le visite».

«Sì, però io vorrei chiederti qualcosa di più».

«Non ti capisco, Rose» ha mormorato lei. «Mi dispiace, ma non capisco dove vuoi arrivare».

Stava cominciando a irritarsi.

Io tremavo, avevo un caldo terribile. Come trovare il modo giusto per dirlo?

Avevo semplicemente la sensazione che Iris avrebbe capito. Anche lei, ne ero certa, aveva provato cos'era la collera. Non c'era bisogno di chiederlo, era una cosa che sentivo in lei, e ben prima che parlasse a Nathan degli abiti di sua madre che indossava come reliquie. Avevo colto quell'affinità ben prima di sentire le sue parole. Io e Iris avevamo lo stesso vocabolario. Solo che lei era ormai arrivata alle ultime pagine della sua lettura. Sapeva cose che io ignoravo ancora. Era andata un po' più avanti lungo il sentiero di spine. Forse ne intravedeva già la fine e percepiva in lontananza un po' di colore, un po' di dolcezza. Quindi smaniava per avanzare più in fretta e si gettava verso la vita che aveva davanti per dimenticare quella passata.

«Io sono sua sorella, non posso fare nulla» ho proseguito, sedendomi sul letto di Nathan.

Lei mi si è seduta accanto. Ha aspettato a lungo prima di parlare di nuovo.

«No, davvero, mi dispiace, ma dici cose troppo complicate, non ci capisco nulla».

Allora le ho raccontato dell'episodio della doccia, di quando Nathan mi aveva confessato di non avere mai avuto una ragazza. Ho aggiunto che avevo ben capito che cosa mi aveva voluto dire, a mezze parole: non aveva mai fatto l'amore. Sapevo che questa faccenda lo angosciava tantissimo.

«Credo sia estremamente importante per lui» ho concluso.

Mentre parlavo avevo abbassato gli occhi.

Come dalla nonna, ho sentito le lacrime imperlarmi il bordo delle palpebre. Ho fatto di tutto per evitare che traboccassero, ma la pressione era troppo forte: c'era troppa acqua dentro di me.

«Credo che sarebbe meno dura vederlo andarsene da adulto, capisci? Nathan è ancora giovane, non ne può più, gli manca solo questo per... Vorrebbe fare l'amore, lo so».

«...»

«Vorrei fargli un regalo di addio, e credo che questo sarebbe il più bello. Permettergli di diventare adulto. Donargli una storia d'amore, trovargli una ragazza».

«...»

«E ho pensato a te».

Per colmare il silenzio di Iris, ho ripreso il fazzoletto di tela che mi aveva dato la nonna quel pomeriggio, e mi sono soffiata rumorosamente il naso. Non sapevo cos'altro fare.

Quello che le avevo appena detto e proposto era assolutamente folle e volgare. In quel momento desideravo soltanto essere sigillata dentro un eterno presente per non dover più pensare a quello che stavo domandando.

«Dunque tu vorresti che la prima volta di tuo fratello fosse con me?» mi ha chiesto Iris, guardandomi con un'aria strana.

Sentendole formulare con chiarezza quello che avevo appena cercato maldestramente di dire io, mi è parso di avere portato a termine qualcosa di grande, qualcosa di unico e meraviglioso. E questo mi rendeva felice.

«Non conosco nessun altro» ho replicato mordendomi le labbra.

«Ma dai, Rose! Non hai il diritto di chiedere una cosa simile, né a me né a nessun altro. Perché mai dovrei farlo? Ci conosciamo appena. È troppo difficile, pare che per te sia come una delle richieste che si fanno a Babbo Natale» ha ribattuto lei in tono duro e asciutto.

Ma il suo sguardo era talmente dolce, talmente dolce che mi sono sentita ferita dalla sua risposta.

«È una richiesta assolutamente idiota» ha proseguito. «Non funziona così la vita. E nemmeno l'amore. Io non posso far recuperare niente, non posso restituirvi niente. E per di più Nathan non è il mio tipo».

«Sì, ma non potrà mai accadere naturalmente se io non spingo un po' le cose. Non c'è più molto tempo» ho azzardato timidamente.

Iris è rimasta in silenzio continuando a fissare un punto invisibile oltre le mie spalle. Ho cercato di catturare il suo sguardo, invano. Ho pensato che fosse il fantasma di sua madre quello che guardava passeggiare dietro di me.

«Rose, non si fa così. Sei fuori strada» ha sospirato. «Non c'è mai una risposta. Non ce ne sarà mai una. Non ce ne sono state per me. Non ce ne sono state per mio fratello. E nemmeno per mio padre. Tu puoi gridare ai quattro venti che non è normale, che non è giusto, ma questo non impedisce che l'ingiustizia ci sia. Potrai anche inventarti storie impossibili, storie in cui si cresce e si invecchia di colpo... storie in cui si può amare qualcuno all'improvviso oppure farci l'amore senza averlo mai desiderato, ma la vera storia, quella, sarà sempre lì e non cambierà».

Mentre cercavo di giustificarmi, mi rendevo conto che tutto quanto avevo pensato per giorni e giorni stava andando in fumo. Che il regalo che avrei voluto fare a Nathan era assurdo. Che Nathan, adulto o bambino che fosse, sarebbe stato per sempre mio fratello e che la sua perdita sarebbe stata sempre la stessa. Non potevo farci nulla. Nessuno poteva farci nulla. E poi lui non mi aveva chiesto nulla.

Il mio cuore rallenta

Mentre le confessavo ciò che mi ossessionava da tempo, mentre Iris mi parlava con la sua voce dolce e velata, sentivo il mio cuore battere meno forte, più lentamente, quasi in modo normale. Ed era così bello, non avere più niente che martellava o picchiava nel mio cuore, ma solo un semplice battito.

Sentire il cuore che parla e non udirlo più gridare.

Ho ripreso il fazzoletto della nonna e ho ripensato a quel pomeriggio. Lei era così gioiosa, così vivace in nostra presenza, però si teneva un fazzoletto a portata di mano. Avrà pure significato qualcosa.

Svuotarsi della collera e mettere fazzoletti un po' ovunque per la casa.

Iris si è lasciata sfuggire un lungo sospiro: «Sai, credo che si abbia il diritto di inventarsi storie. Credo che sia importante. Ma nel profondo tu devi sapere bene che sono soltanto storie, non devi più confonderti».

Poi è rimasta zitta.

Ho pensato che il suo discorso sembrava quello

di una persona ancora più vecchia di mia nonna. Eppure a vederla così, seduta sul letto di Nathan, sembrava anche una ragazzina in lacrime.

Era sconcertante.

Iris ha affondato delicatamente il viso nell'incavo del mio collo. Ne sono rimasta sorpresa, ma erano sicuramente vecchie cose quelle che le salivano agli occhi. Credo di avere capito che cos'era.

Ho pensato che la vita fosse una gigantesca equazione. Talvolta non ci si capisce nulla. Talvolta ci si arrabbia perché non si capisce. Talvolta, il tempo ci toglie un elemento di questa equazione. E allora bisogna ricominciare da capo, ricalcolare tutto per andare avanti, tenere conto del penultimo calcolo per comprendere il risultato finale. È assai faticoso. Ma per alcuni è un esercizio obbligatorio.

Bisogna saper calcolare e comporre. Costantemente. Tutti i giorni.

Il rosso e il blu sono colori primari

Iris si è alzata.

« Ho fatto la vecchia saggia, ma penso di non valere niente. Non ho nulla da insegnarti. È solo che la tua domanda è così assurda e al tempo stesso così triste » ha concluso.

Nella camera di Nathan era quasi buio, ma

dentro la mia testa qualche lampadina si è messa a lampeggiare.

Quando siamo tornati giù in cucina abbiamo trovato Zeus seduto fra mio padre e mia madre. Aveva aperto il suo libro di foto e parlava a ruota libera. Papà ha sollevato gli occhi verso di me e ho capito che si sarebbe dileguato nel giro di due minuti.

Per fortuna, il suono di un clacson in strada gli ha salvato la faccia: era il padre di Zeus e Iris che veniva a riprenderli.

Zeus mi si è avvicinato per salutarmi, ma i nostri volti hanno inciampato e si sono girati dalla stessa parte. Lui si è scostato di scatto e mi è sembrato contrariato. Aveva il viso tutto rosso. Ha farfugliato uno strano «A domani» senza aggiungere altro, poi si è voltato di colpo. Io ho sorriso, ho alzato le spalle e sono andata a salutare Iris. Lei mi ha bisbigliato all'orecchio: «Non solo fai le domande sbagliate, ma sei pure orba!»

Avrei voluto chiederle spiegazioni, ma lei e Zeus stavano già salendo in macchina.

Per dirvi proprio tutto

Era l'una di notte e mi rigiravo continuamente nel letto.

Per tutto il tempo che son restata sveglia non ha smesso di piovere, una di quelle piogge vive e crepitanti che annunciano una nuova stagione, lentamente ma inesorabilmente in arrivo. Una pioggia fatta per lavare l'aria, purificarla e rinnovarla. In modo che, uscendo la mattina presto, possiamo respirare.

Lì nel mio letto mi sono rivista il film dell'intera giornata. Tutte le parole di Iris erano impresse profondamente nel mio animo.

Qualunque fosse stata la risposta di Iris, ormai non aveva più importanza e nemmeno mi interessava saperla.

Avevo semplicemente voglia di andare a trovare mio fratello all'ospedale. Di sorridergli quando ne avevo voglia.

E anche di portarmi dietro qualche fazzoletto, in caso di necessità.

Ma ciò che mi sembrava più bizzarro, in quel momento, sotto le coperte, nel cuore della notte, era l'ultima parola che Iris mi aveva sussurrato all'orecchio. S'attorcigliava nella mia testa, non riuscivo a dimenticarla.

Ho pensato alla foto che mi aveva portato Zeus.

Ho acceso la lampada sul comodino per guardarla meglio. E più la osservavo, più mi convincevo che quella foto non l'avevo scattata io. Zeus aveva voluto farmi piacere modificando la realtà, mentendomi.

Forse avevo capito perché.

E mi sono addormentata senza avere paura.

Capitolo 14

Un tocco di azzurro proprio in mezzo al cuore

In piscina, il maestro di nuoto stava facendo i chilometri intorno alla vasca. Ho pensato che il suo era davvero un lavoro orribile: passeggiare avanti e indietro in slip per tutto il santo giorno.

Non ho potuto fare a meno di sorridere quando ho visto Zeus che mi aspettava accanto al trampolino.

L'ho chiamato perché mi raggiungesse.

È corso da me per salutarmi. «Temevo che non avessi ricevuto il mio messaggio».

«Sì, sì. Ho ascoltato la segreteria appena tornata dall'ospedale».

Avrei voluto chiedergli di Iris, ma mi sono trattenuta. Ho pensato che anche a lei avrebbe fatto piacere se mi fossi concentrata unicamente sull'istante.

Abbiamo camminato lungo la vasca grande. Il sole scaldava attraverso le vetrate. Il cielo e l'acqua erano di un azzurro incredibile. Ho avuto un brivido.

«Lo sai, Zeus non è il mio vero nome, non lo è

mai stato... ma non ti ho mai detto nulla perché tanto non mi avresti ascoltato» mi ha detto.

L'ho guardato dritto negli occhi. Ero un po' offesa. Ma solo un po'.

«Con mia sorella ci scherziamo un sacco, sul fatto che tu mi chiami sempre Zeus. Mi sentivo eccezionale, quando mi parlavi. Lo trovavo... bello».

«E allora qual è il tuo vero nome?»

D'improvviso avevo una gran voglia di saperlo.

«Ora riderai, ma era il sogno di mia madre chiamare suo figlio così. È un po' impegnativo, ma non ho scelta. Alla fine, anzi, credo che mi piaccia...»

«E cioè?»

«Angelo. Mi chiamo Angelo».

Ho sorriso.

Ho detto: «Angelo, Angelo».

Mi è piaciuto ripeterlo. Suonava dolce nel mio cuore, come un'affermazione.

Poi tutti e due, senza parlare, ci siamo arrampicati sulla grande scala. Abbiamo scelto il trampolino più alto. Era così ovvio.

Senza macchina fotografica.

Noi.

Il più in alto possibile.

Abbiamo spiccato un salto.

In fondo all'acqua, le nostre mani si sono toccate e sono rimaste allacciate.

Così comincia la storia (un'altra)

Vedo il tuo volto. Spesso.
Sento la tua voce.
Oh no, non mi abituo a questa idea.
Non credere.
Ma
Bisogna camminare
Dopo di te
Io ho
Te, ancora te
Anche più in là
Io ho te
E loro
E lui
In me
Dopo di te
Io soffio. Io respiro
Forte.
Sono cresciuta di altri due centimetri quest'anno.
Te lo immagini?
Ti ho superato.

Fotocomposizione:
Nuovo Gruppo Grafico s.r.l. - Milano

Finito di stampare
nel mese di agosto 2011
per conto della Adriano Salani Editore S.p.A.
da Reggiani S.p.A. - Brezzo di Bedero (VA)
Printed in Italy